名場面で読む『源氏物語』（晶子訳）

加藤孝男
伊勢　光　編著

クロスカルチャー出版

晶子の書斎「冬柏亭」（鞍馬山に移築）

晶子と寛 自宅にて（鞍馬寺蔵）

名場面で読む『源氏物語』（晶子訳）目次

第一部

凡例

一、底本に用いたのは与謝野晶子『新装版　全訳源氏物語』（角川文庫　二〇〇八）である。
二、この与謝野源氏を一冊にするにあたり、名場面を抜き出して、写真を付けて、解説をくわえた。
三、与謝野晶子は『源氏物語』を二部構成として、前半を「桐壺」から「藤裏葉」まで、後半を「若菜」から「夢浮橋」までとしている。本書では池田亀鑑以来の通説となっている三部構成として配列した。
四、注は本文のなかに（　）でくわえた。
五、和歌は二文字落としで引用したが、原文とおなじく解説を省略した。
六、ルビなども原文のままにした。

第一部

一　光源氏の誕生（「桐壺」）

「いづれの御時にか」ではじまる『源氏物語』の冒頭を、晶子の訳では「どの天皇様の御代《みよ》であったか」としている。桐壺の更衣と呼ばれた女性が、後宮で天皇に特別に愛されていた。後ろ盾のない更衣は、右大臣の娘である弘徽殿の女御らからいじめを受ける日々である。右大臣家の後ろ盾をもつ弘徽殿の女御は、すでに天皇との間に、第一皇子をもうけていた。そんななかで更衣は、皇子をみごもるのである。後の光源氏であった。

どの天皇様の御代《みよ》であったか、女御《にょご》とか更衣《こうい》とかいわれる後宮《こうきゅう》がおおぜいいた中に、最上の貴族出身ではないが深い御愛寵《あいちょう》を得ている人があった。最初から自分こそはという自信と、親兄弟の勢力に恃《たの》む所があって宮中にはいった女御たちからは失敬な女としてねたまれた。その人と同等、もしくはそれより地位の低い更衣たちはまして嫉妬《しっと》の焔《ほのお》を燃やさないわけもなかった。夜の御殿《おとど》の宿直所《とのいどころ》から退《さ》がる朝、続いてその人ばかりが召される夜、目に見耳に聞いて口惜《くちお》しがらせた恨みのせいもあったか、からだが弱くなって、心細くなった更衣〔桐壺更衣〕は多く実家へ下がっていがちということになると、いよいよ帝《みかど》はこの人にばかり心をお引かれになるという御様子で、人が何と批評をしようともそれに御遠慮などというものがおできにならない。御聖徳を伝える歴史の上にも暗い影の一所残るようなことにもなりかねない状態になった。高官たちも殿上役人たちも困って、御覚醒《かくせい》になるのを期しながら、当分は見ぬ顔をしていたいという態度をとるほどの御寵愛《ちょうあい》ぶりであった。唐の国でもこの種類の寵姫《ちょうき》、楊家《ようか》の女《じょ》〔楊貴妃〕の出現によって乱が醸《かも》されたなどと蔭《かげ》ではいわれる。今やこの女性が一天下の煩《わざわ》いだとされるに至った。馬嵬《ばかい》の駅〔楊貴妃が内乱を招いたとして兵たちが帝に殺害を迫ったこと〕がいつ再現されるかもしれぬ。その人にとっては堪えがたいような苦しい雰囲気《ふんいき》の中でも、ただ深い御愛情だけをたよりにして暮らしていた。父の大納言《だいなごん》はもう故人であった。母の未亡人が生まれのよい見識のある女で、わが娘を現代に勢力のある派手《はで》な家の娘たちにひけをとらせないよき保護者たりえた。それでも大官の後援者を持たぬ更衣は、何かの場合にいつも心細い思いをするようだった。

　前生《ぜんしょう》の縁が深かったか、またもないような美しい皇子までがこの人からお生まれになった。寵姫を母とした御子《みこ》を早く御覧になりたい思召《おぼしめ》しから、正規の日数が立つとすぐに更衣母子《おやこ》を宮中へお招きになった。小皇子《しょうおうじ》はいかなる美なるものよりも美しいお顔をしておいでになった。帝の第一皇子〔後の朱雀帝〕は右大臣の娘の女御〔弘徽殿女御〕からお生まれになって、重い外戚《がいせき》が背景になっていて、疑いもない未来の皇太子として世の人は尊敬をささげているが、第二の皇子〔光源氏〕の美貌《びぼう》にならぶことがおできにならぬため、それは皇家《おうけ》の長子として大事にあそばされ、これは御自身の愛子《あいし》として非常に大事がっておいでになった。更衣は初めから普通の朝廷の女官として奉仕するほどの軽い身分ではなかった。ただお愛しになるあまりに、その人自身は最高の貴女《きじょ》と言ってよいほどのりっぱな女ではあったが、始終おそばへお置きになろうとして、殿上で音楽その他のお催し事をあそばす際には、だれよりもまず先にこの人を常の御殿へお呼びになり、またある時はお引き留めになって更衣が夜の御殿から朝の退出ができずそのまま昼も侍しているようなことになったりして、やや軽いふうにも見られたのが、皇子のお生まれになって以後目に立って重々しくお扱いになったから、東宮にもどうかすればこの皇子をお立てになるかもしれぬと、第一の皇子の御生母の女御は疑いを持っていた。この人は帝の最もお若い時に入内《じゅだい》した最初の女御であった。この女御がする

写真は内裏の淑景舎（桐壺）のあった場所にある。平安時代の内裏は、現在の御所から西へ1.8キロのところにあった。現在の場所に移転したのは、南北朝時代のことである。現在、平安時代の内裏のあった場所には、多くの家が建ち並び、当時の面影はない。この淑景舎から天皇の御座所である清涼殿まではもっとも遠かったといわれている。

批難と恨み言だけは無関心にしておいでになれなかった。この女御へ済まないという気も十分に持っておいでになった。帝の深い愛を信じながらも、悪く言う者と、何かの欠点を捜し出そうとする者ばかりの宮中に、病身な、そして無力な家を背景としている心細い更衣は、愛されれば愛されるほど苦しみがふえるふうであった。

二　光源氏の母・桐壺更衣の死（「桐壺」）

桐壺の更衣は、心労によって病になってしまう。実家へ下がろうとするが、天皇はお許しにならなかった。そのようにしているうちに、重い病になって、実家に下がり、ついに亡くなってしまう。

御息所《みやすどころ》〈桐壺更衣〉――皇子女《おうじじょ》の生母になった更衣はこう呼ばれるのである――はちょっとした病気になって、実家へさがろうとしたが帝はお許しにならなかった。どこかからだが悪いということはこの人の常のことになっていたから、帝はそれほどお驚きにならずに、

「もうしばらく御所で養生をしてみてからにするがよい」

と言っておいでになるうちにしだいに悪くなって、そうなってからほんの五、六日のうち

に病は重体になった。母の未亡人は泣く泣くお暇を願って帰宅させることにした。こんな場合にはまたどんな呪詛《じゅそ》が行なわれるかもしれない、皇子〔光源氏〕にまで禍《わざわ》いを及ぼしてはとの心づかいから、皇子だけを宮中にとどめて、目だたぬように御息所だけが退出するのであった。この上留めることは不可能であると帝は思召して、更衣が出かけて行くところを見送ることのできぬ御尊貴の御身の物足りなさを堪えがたく悲しんでおいでになった。

はなやかな顔だちの美人が非常に痩《や》せてしまって、心の中には帝とお別れして行く無限の悲しみがあったが口へは何も出して言うことのできないのがこの人の性質である。

（中略）

「限りとて別るる道の悲しきにいかまほしきは命なりけり

死がそれほど私に迫って来ておりませんのでしたら」

これだけのことを息も絶え絶えに言って、なお帝にお言いしたいことがありそうであるが、まったく気力はなくなってしまった。死ぬのであったらこのまま自分のそばで死なせたいと帝は思召《おぼしめ》したが、今日から始めるはずの祈祷《きとう》も高僧たちが承っていて、それもぜひ今夜から始めねばなりませぬというようなことも申し上げて方々から更衣の退出を促すので、別れがたく思召しながらお帰しになった。

帝はお胸が悲しみでいっぱいになってお眠りになることが困難であった。帰った更衣の

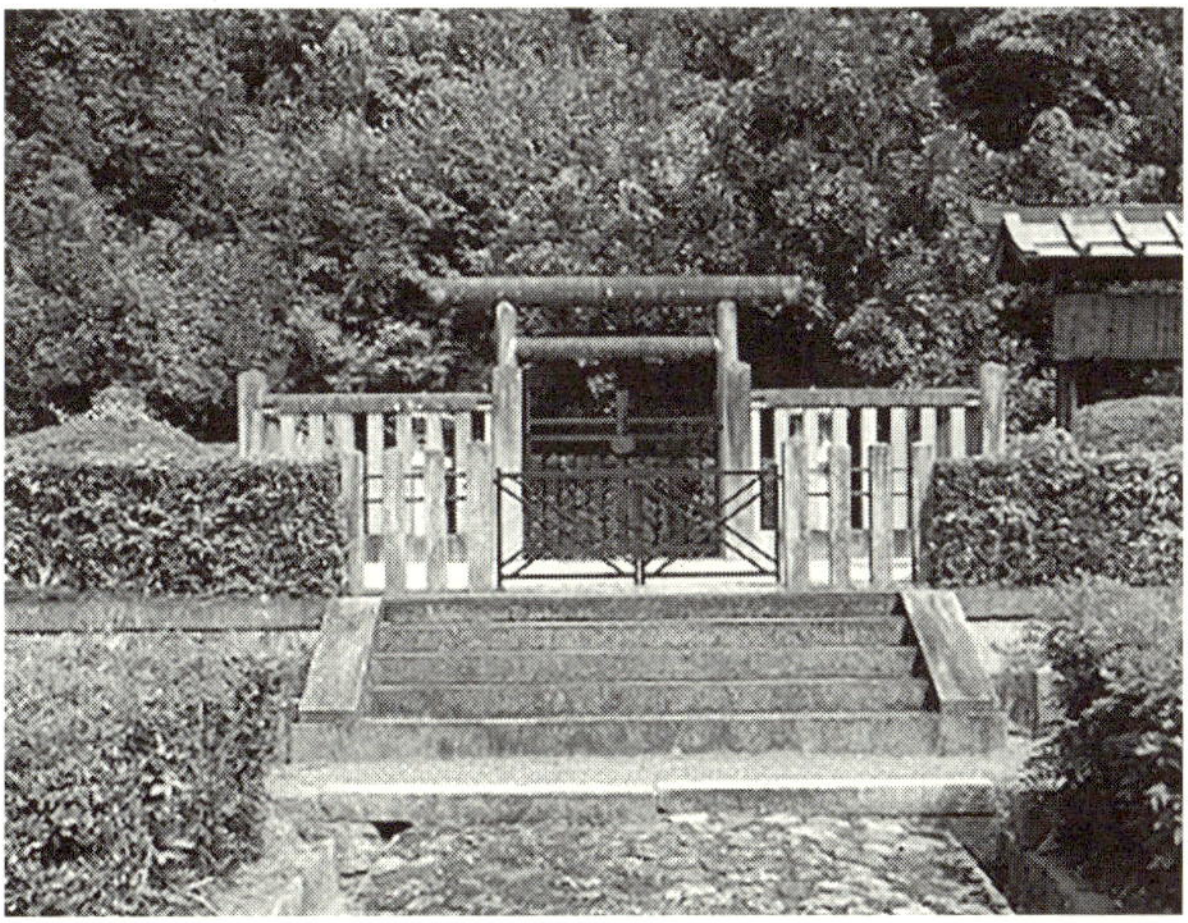

写真は鳥辺野にある鳥戸野陵。史実では一条天皇の中宮定子らが葬られている。桐壺更衣は「愛宕といふ所」（現在の鳥戸野辺りか）で焼かれたが、墓は定かに分からない。帝は更衣に「三位のくらゐ」を追贈し、女御相当としたが、それが帝にできる精いっぱいのことであった。

家へお出しになる尋ねの使いはすぐ帰って来るはずであるが、それすら返辞を聞くことが待ち遠しいであろうと仰せられた帝であるのに、お使いは、

「夜半過ぎにお卒去《かくれ》になりました」

と言って、故大納言〈桐壺更衣の父〉家の人たちの泣き騒いでいるのを見ると力が落ちてそのまま御所へ帰って来た。

三　皇籍からの離脱（「桐壺」）

母である桐壺の更衣が亡くなったのちも源氏は、立派に成長していた。高麗人などの人相見に占わせたりして、この皇子の行く末を考えるのである。ついに天皇は、皇子を皇籍から離脱させ、臣下とすることに決めた。

その時分に高麗人《こまうど》が来朝した中に、上手《じょうず》な人相見の者が混じっていた。帝〔桐壺帝〕はそれをお聞きになったが、宮中へお呼びになることは亭子院〔宇多天皇〕のお誡《いまし》めがあっておできにならず、だれにも秘密にして皇子〔光源氏〕のお世話役のようになっている右《う》大弁《だいべん》の子のように思わせて、皇子を外人の旅宿する鴻臚館《こうろかん》へおやりになった。

相人は不審そうに頭《こうべ》をたびたび傾けた。

「国の親になって最上の位を得る人相であって、さてそれでよいかと拝見すると、そうなることはこの人の幸福な道でない。国家の柱石になって帝王の輔佐をする人として見てもまた違うようです」

と言った。弁も漢学のよくできる官人であったから、筆紙をもってする高麗人との問答にはおもしろいものがあった。詩の贈答もして高麗人はもう日本の旅が終わろうとする期《ご》に臨んで珍しい高貴の相を持つ人に逢《あ》ったことは、今さらにこの国を離れがたくすることであるというような意味の作をした。若宮も送別の意味を詩にお作りになったが、その詩を非常にほめていろいろなその国の贈り物をしたりした。

朝廷からも高麗《こま》の相人へ多くの下賜品があった。その評判から東宮〔後の朱雀帝〕の外戚の右大臣などは第二の皇子と高麗の相人との関係に疑いを持った。好遇された点が腑《ふ》に落ちないのである。聡明《そうめい》な帝は高麗人の言葉以前に皇子の将来を見通して、幸福な道を選ぼうとしておいでになった。それでほとんど同じことを占った相人に価値をお認めになったのである。四品《しほん》以下の無品《むほん》親王などで、心細い皇族としてこの子を置きたくない、自分の代もいつ終わるかしれぬのであるから、将来に最も頼もしい位置をこの子に設けて置いてやらねばならぬ、臣下の列に入れて国家の柱石た

京都市下京区の西鴻臚館跡。古来、東と西に分かれていたが『源氏物語』が書かれた時代には東鴻臚館は廃止され、こちらの西鴻臚館のみになっていた。現在はホテルとなっており、今も昔も疲れた旅人をもてなす施設になっている。ここで源氏は朝鮮人の人相見から占いを受けた。

らしめることがいちばんよいと、こうお決めになって、以前にもましていろいろの勉強をおさせになった。大きな天才らしい点の現われてくるのを御覧になると人臣にするのが惜しいというお心になるのであったが、親王にすれば天子に変わろうとする野心を持つような疑いを当然受けそうにお思われになった。上手な運命占いをする者にお尋ねになっても同じような答申をするので、元服後は源姓を賜わって源氏の某《なにがし》としようとお決めになった。

四　義母・藤壺の入内（「桐壺」）

桐壺の更衣亡きあと、悲しみに暮れる天皇のもとに藤壺とよばれる女御が入内した。先帝の皇女であった。桐壺の更衣に似て美しい藤壺を天皇は愛した。

源氏の君――まだ源姓にはなっておられない皇子であるが、やがてそうおなりになる方であるから筆者はこう書く。――はいつも帝のおそばをお離れしないのであるから、自然どの女御の御殿へも従って行く。帝がことにしばしばおいでになる御殿は藤壺《ふじつぼ》であって、お供して源氏のしばしば行く御殿は藤壺である。宮〔藤壺〕もお馴《な》れになって隠れてばかりはおいでにならなかった。どの後宮でも容貌の自信がなくて入内した者はないのであるから、皆それぞれの美を備えた人たちであったが、もう皆だいぶ年がいっていた。その中へ若いお美しい藤壺の宮が出現されてその方は非常に恥ずかしがってなるべく顔を見せぬようにとなすっても、自然に源氏の君が見ることになる場合もあった。母の更衣は面影も覚えていないが、よく似ておいでになると典侍が言ったので、子供心に母に似た人として恋しく、いつも藤壺へ行きたくなって、あの方と親しくなりたいという望みが心にあった。帝には二人とも最愛の妃であり、最愛の御子であった。

「彼を愛しておやりなさい。不思議なほどあなたとこの子の母とは似ているのです。失礼だと思わずにかわいがってやってください。この子の目つき顔つきがまたよく母に似ていますから、この子とあなたとを母と子と見てもよい気がします」

源氏と藤壺は、義母と息子との関係を越えて、男女の関係となってしまう。その間に生まれたのが後の冷泉帝である。源氏が藤壺と最初に関係をもつ場面を、『源氏物語』は記していない。写真は大極殿のあった場所に据えられている石碑であるが、この場所のみ平安の昔を偲ぶことができる。

など帝がおとりなしになると、子供心にも花や紅葉《もみじ》の美しい枝は、まずこの宮へ差し上げたい、自分の好意を受けていただきたいというこんな態度をとるようになった。現在の弘徽殿の女御の嫉妬《しっと》の対象は藤壺の宮であったからそちらへ好意を寄せる源氏に、一時忘れられていた旧怨《きゅうえん》も再燃して憎しみを持つことになった。女御が自慢にし、ほめられてもおいでになる幼内親王方の美を遠くこえた源氏の美貌《びぼう》を世間の人は言い現わすために光《ひかる》の君《きみ》と言った。女御として藤壺の宮の御寵愛《ちょうあい》が並びないものであったから対句のように作って、輝く日の宮と一方を申していた。

五　空蟬との恋（「空蟬」）

源氏は青年となっていた。方違え中にたまたま契りを結んだ伊予守の妻・空蟬のことが忘れられず、源氏は伊予守邸に忍び込んだのである。

人知れぬ恋は昼は終日物思いをして、夜は寝ざめがちな女にこの人〔空蟬〕をしていた。碁の相手の娘〔軒端荻。空蟬の継子〕は、今夜はこちらで泊まるといって若々しい屈託のない話をしながら寝てしまった。無邪気に娘はよく睡《ねむ》っていたが、源氏がこの室へ寄って来て、衣服の持つ薫物《たきもの》の香が流れてきた時に気づいて女〔空蝉〕は顔を上げた。夏の薄い几帳越しに人のみじろぐのが暗い中にもよく感じられるのであった。静かに起きて、薄衣《うすもの》の単衣《ひとえ》を一つ着ただけでそっと寝室を抜けて出た。

はいって来た源氏は、外にだれもいず一人で女が寝ていたのに安心した。帳台から下の所に二人ほど女房が寝ていた。上に被《かず》いた着物をのけて寄って行った時に、あの時の女よりも大きい気がしてもまだ源氏は恋人だとばかり思っていた。あまりによく眠っていることなどに不審が起こってきて、やっと源氏にその人でないことがわかった。あきれるとともにくやしくてならぬ心になったが、人違いであるといってここから出て行くことも怪しがられることで困ったと源氏は思った。その人の隠れた場所へ行っても、これほどに自分から逃げようとするのに一心である人は快く自分に逢《あ》うはずもなくて、ただ侮蔑《ぶべつ》されるだけであろうという気がして、これがあの美人であったら今夜の情人にこれをしておいてもよいという心になった。これでつれない人への源氏の恋も何ほどの深さかと疑われる。

やっと目がさめた女はあさましい成り行きにただ驚いているだけで、真から気の毒なような感情が源氏に起こってこない。娘であった割合には蓮葉《はすっぱ》な生意気なこの人はあわてもしない。源氏は自身でないようにしてしまいたかったが、どうしてこんなことがあったかと、あとで女を考えてみる時に、それは自分のためにはどうでもよいことであるが、自分の恋しい冷ややかな人が、世間をあんなにはばかっていたのであるから、このことで秘密

（歌川広重『源氏物語五十四帖　空蝉』国立国会図書館蔵）
光源氏の侵入をいち早く察知して寝所を抜け出す空蝉が右下に描かれている。中心の男は光源氏。左側の赤い布地は薄衣というには厚く、残された軒端荻がそれを被って寝ているものと思われる。

を暴露させることになってはかわいそうであると思った。それでたびたび方違《かたたが》えにこの家を選んだのはあなたに接近したいためだったと告げた。少し考えてみる人には継母との関係がわかるであろうが、若い娘心はこんな生意気な人ではあってもそれに思い至らなかった。憎くはなくても心の惹《ひ》かれる点のない気がして、この時でさえ源氏の心は無情な人の恋しさでいっぱいだった。どこの隅にはいって自分の思い詰め方を笑っているのだろう、こんな真実心というものはざらにあるものでもないのにと、あざける気になってみても真底はやはりその人が恋しくてならないのである。

しかし何の疑いも持たない新しい情人も可憐《かれん》に思われる点があって、源氏は言葉上手《ことばじょうず》にのちのちの約束をしたりしていた。

「公然の関係よりもこうした忍んだ中のほうが恋を深くするものだと昔か

ら皆言ってます。あなたも私を愛してくださいよ。私は世間への遠慮がないでもないのだから、思ったとおりの行為はできないのです。あなたの側でも父や兄がこの関係に好意を持ってくれそうなことを私は今から心配している。忘れずにまた逢いに来る私を待っていてください」

などと、安っぽい浮気《うわき》男の口ぶりでものを言っていた。

「人にこの秘密を知らせたくありませんから、私は手紙もようあげません」

女は素直《すなお》に言っていた。

「皆に怪しがられるようにしてはいけないが、この家の小さい殿上人《てんじょうびと》ね、あれに託して私も手紙をあげよう。気をつけなくてはいけませんよ、秘密をだれにも知らせないように」

と言い置いて、源氏は恋人がさっき脱いで行ったらしい一枚の薄衣《うすもの》を手に持って出た。

六　夕顔の咲く家（「夕顔」）

源氏は十七歳になっていた。恋人である六条御息所の家へ通う途中、みずからの乳母で、従者である惟光の母の病気見舞いをした。その折、夕顔の花が咲いている家が目にとまった。

源氏が六条に恋人を持っていたころ、御所からそこへ通う途中で、だいぶ重い病気をし尼になった大弐《だいに》の乳母《めのと》を訪《たず》ねようとして、五条辺のその家へ来た。乗ったままで車を入れる大門がしめてあったので、従者に呼び出させた乳母の息子《むすこ》の惟光《これみつ》〔源氏の従者〕の来るまで、源氏はりっぱでないその辺の町を車からながめていた。惟光の家の隣に、新しい檜垣《ひがき》を外囲いにして、建物の前のほうは上げ格子《こうし》を四、五間ずっと上げ渡した高窓式になっていて、新しく白い簾《すだれ》を掛け、そこからは若いきれいな感じのする額を並べて、何人かの女が外をのぞいている家があった。高い窓に顔が当たっているその人たちは非常に背の高いもののように思われてならない。どんな身分の者の集まっている所だろう。風変わりな家だと源氏には思われた。今日は車も簡素なのにして目だたせない用意がしてあって、前駆の者にも人払いの声を立てさせなかったから、源氏は自分のだれであるかに町の人も気はつくまいという気楽な心持ちで、その家を少し深くのぞこうとした。門の戸も蔀風《しとみふう》になっていて上げられてある下から家の全部が見えるほどの簡単なものである。哀れに思ったが、ただ仮の世の相であるから宮も藁屋《わらや》も同じことという歌が思われて、われわれの住居《すまい》だって一所《いっしょ》だとも思えた。端隠しのような物に青々とした蔓草《つるくさ》が勢いよくかかっていて、それの白い花だけがその辺で見る何よりもうれしそうな顔で笑っていた。そこに白く咲いているのは何の花かという歌を口ずさんでいると、中将の源氏につけられた近衛《このえ》の随身《ずいしん》が車の前に膝《ひざ》をかがめて言った。

「あの白い花を夕顔と申します。人間のような名でございまして、こうした卑しい家の垣根《かきね》に咲くものでございます」

その言葉どおりで、貧しげな小家がちのこの通りのあちら、こちら、あるものは倒れそうになった家の軒などにもこの花が咲いていた。

写真は、「夕顔之墳（つか）」とある。江戸時代に建てられたものらしい。源氏が五条のあたりにある乳母の家に立ち寄ろうとして夕顔の咲く家をみつけたことになっている。物語の女性は「夕顔」と呼ばれるので、このあたりを夕顔町というらしい。物語には当時の庶民の生活がリアルに描かれていて、興味をそそられる。

「気の毒な運命の花だね。一枝折ってこい」

と源氏が言うと、蔀風《しとみふう》の門のある中へはいって随身は花を折った。ちょっとしゃれた作りになっている横戸の口に、黄色の生絹《すずし》の袴《はかま》を長めにはいた愛らしい童女が出て来て随身を招いて、白い扇を色のつくほど薫物《たきもの》で燻《くゆ》らしたのを渡した。

「これへ載せておあげなさいまし。手で提《さ》げては不恰好《ぶかっこう》な花ですもの」

随身は、夕顔の花をちょうどこの時門をあけさせて出て来た惟光の手から源氏へ渡してもらった。

「鍵《かぎ》の置き所がわかりませんでして、たいへん失礼をいたしました。よいも悪いも見分けられない人の住む界わいではございましても、見苦しい通りにお待たせいたしまして」

と惟光は恐縮していた。

七　廃屋での逢瀬（「夕顔」）

八月十五日の夜、源氏は夕顔の宿で過ごし、水入らずで落ち着ける場所へ夕顔と向かった。そこは寂れた廃屋であった。


十時過ぎに少し寝入った源氏は枕《まくら》の所に美しい女がすわっているのを見た。

「私がどんなにあなたを愛しているかしれないのに、私を愛さないで、こんな平凡な人をつれていらっしって愛撫《あいぶ》なさるのはあまりにひどい。恨めしい方」

と言って横にいる女に手をかけて起こそうとする。こんな光景を見た。苦しい襲われた気持ちになって、すぐ起きると、その時に灯《ひ》が消えた。不気味なので、太刀《たち》を引き抜いて枕もとに置いて、それから右近〔夕顔の侍女〕を起こした。右近も恐ろしくてならぬというふうで近くへ出て来た。

「渡殿《わたどの》にいる宿直《とのい》の人を起こして、蝋燭《ろうそく》をつけて来るように言うがいい」

「どうしてそんな所へまで参れるものでございますか、暗《くろ》うて」

「子供らしいじゃないか」

笑って源氏が手をたたくとそれが反響になった。限りない気味悪さである。しかもその音を聞きつけて来る者はだれもない。夕顔は非常にこわがってふるえていて、どうすればいいだろうと思うふうである。汗をずっぷりとかいて、意識のありなしも疑わしい。

「非常に物恐れをなさいます御性質ですから、どんなお気持ちがなさるのでございましょうか」

と右近も言った。弱々しい人で今日の昼間も部屋《へや》の中を見まわすことができずに空をばかりながめていたのであるからと思うと、源氏はかわいそうでならなかった。

「私が行って人を起こそう。手をたたくと山彦《やまびこ》がしてうるさくてならない。しばらくの間ここへ寄っていてくれ」

と言って、右近を寝床のほうへ引き寄せておいて、両側の妻戸の口へ出て、戸を押しあけたのと同時に渡殿についていた灯も消えた。風が少し吹いている。こんな夜に侍者は少なくて、しかもありたけの人は寝てしまっていた。院の預かり役の息子《むすこ》で、平生源氏が手もとで使っていた若い男、それから侍童が一人、例の随身、それだけが宿直《とのい》をしていたのである。源氏が呼ぶと返辞をして起きて来た。

「蝋燭《ろうそく》をつけて参れ。随身に弓の絃打《つるう》ちをして絶えず声を出して魔性に備えるように命じてくれ。こんな寂しい所で安心をして寝ていていいわけはない。先刻惟光《せんこくこれみつ》〔源氏の従者〕が来たと言っていたが、どうしたか」

「参っておりましたが、御用事もないから、夜明けにお迎えに参ると申して帰りましてございます」

こう源氏と問答をしたのは、御所の滝口に勤めている男であったから、専門家的に弓絃《ゆづる》を鳴らして、

「火危《あぶな》し、火危し」

と言いながら、父である預かり役の住居《すまい》のほうへ行った。源氏はこの時刻の御所を思った。殿上《てんじょう》の宿直役人が姓名を奏上する名対面はもう終わっているだろう、滝口の武士の宿直の奏上があるころであると、こんなことを思ったところをみると、まだそう深更でなかったに違いない。寝室へ帰って、暗がりの中を手で探ると夕顔はもとのままの姿で寝ていて、右近がそのそばでうつ伏せになっていた。

「どうしたのだ。気違いじみたこわがりようだ。こんな荒れた家などというものは、狐《きつね》など

が人をおどしてこわがらせるのだよ。私がおればそんなものにおどかされはしないよ」

　と言って、源氏は右近を引き起こした。

「とても気持ちが悪うございますので下を向いておりました。奥様はどんなお気持ちでいらっしゃいますことでしょう」

「そうだ、なぜこんなにばかりして」

　と言って、手で探ると夕顔は息もしていない。動かしてみてもなよなよとして気を失っているふうであったから、若々しい弱い人であったから、何かの物怪《もののけ》にこうされているのであろうと思うと、源氏は歎息《たんそく》されるばかりであった。蝋燭《ろうそく》の明りが来た。右近には立って行くだけの力がありそうもないので、閨《ねや》に近い几帳《きちょう》を引き寄せてから、

「もっとこちらへ持って来い」

　と源氏は言った。主君の寝室の中へはいるというまったくそんな不謹慎な行動をしたことがない滝口は座敷の上段になった所へもよう来ない。

「もっと近くへ持って来ないか。どんなことも場所によることだ」

　灯《ひ》を近くへ取って見ると、この閨の枕の近くに源氏が夢で見たとおりの容貌《ようぼう》をした女が見えて、そしてすっと消えてしまった。昔の小説などにはこんなことも書いてあるが、実際にあるとはと思うと源氏は恐ろしくてならないが、恋人はどうなったかという不安が先に立って、自身がどうされるだろうかという恐れはそれほどなくて横へ寝て、

「ちょいと」

と言って不気味な眠りからさまさせようとするが、夕顔のからだは冷えはてていて、息はまったく絶えているのである。頼りにできる相談相手もない。坊様などはこんな時の力になるものであるがそんな人もむろんここにはいない。右近に対して強がって何かと言った源氏であったが、若いこの人は、恋人の死んだのを見ると分別も何もなくなって、じっと抱いて、

「あなた。生きてください。悲しい目を私に見せないで」

と言っていたが、恋人のからだはますます冷たくて、すでに人ではなく遺骸《いがい》であるという感じが強くなっていく。右近はもう恐怖心も消えて夕顔の死を知って非常に泣く。紫宸殿《ししんでん》に出て来た鬼は貞信公《ていしんこう》〔藤原忠平。鬼退治の逸話が『大鏡』等に載る〕を威嚇《いかく》したが、その人の威に押されて逃げた例などを思い出して、源氏はしいて強くなろうとした。

「それでもこのまま死んでしまうことはないだろう。夜というものは声を大きく響かせるから、そんなに泣かないで」

と源氏は右近に注意しながらも、恋人との歓会がたちまちにこうなったことを思うと呆《ぼう》然《ぜん》となるばかりであった。滝口を呼んで、

「ここに、急に何かに襲われた人があって、苦しんでいるから、すぐに惟光朝臣《これみつあそん》の泊まっている家に行って、早く来るように言えとだれかに命じてくれ。兄の阿闍梨《あじゃり》がそこに来てい

るのだったら、それもいっしょに来るようにと惟光に言わせるのだ。母親の尼さんなどが聞いて気にかけるから、たいそうには言わせないように。あれは私の忍び歩きなどをやかましく言って止める人だ」

こんなふうに順序を立ててものを言いながらも、胸は詰まるようで、恋人を死なせることの悲しさがたまらないものに思われるのといっしょに、あたりの不気味さがひしひしと感ぜられるのであった。もう夜中過ぎになっているらしい。風がさっきより強くなってきて、それに鳴る松の枝の音は、それらの大木に深く囲まれた寂しく古い院であることを思わせ、一風変わった鳥がかれ声で鳴き出すのを、梟《ふくろう》とはこれであろうかと思われた。考えてみるとどこへも遠く離れて人声もしないこんな寂しい所へなぜ自分は泊まりに来たのであろうと、源氏は後悔の念もしきりに起こる。右近は夢中になって夕顔のそばへ寄り、このまま慄《ふる》え死にをするのでないかと思われた。それがまた心配で、源氏は一所懸命に右近をつかまえていた。一人は死に、一人はこうした正体もないふうで、自身一人だけが普通の人間なのであると思うと源氏はたまらない気がした。灯《ひ》はほのかに瞬《またた》いて、中央の室との仕切りの所に立てた屏風《びょうぶ》の上とか、室の中の隅々《すみずみ》とか、暗いところの見えるここへ、後ろからひしひしと足音をさせて何かが寄って来る気がしてならない、惟光が早く来てくれればよいとばかり源氏は思った。彼は泊まり歩く家を幾軒も持った男であったから、使いはあちらこちらと尋ねまわっているうちに夜がぼつぼつ明けてきた。この間の長さは千夜にもあたるように源氏には思われたのである。やっとはるかな所で鳴く鶏の声がしてきたのを聞いて、ほっとした源氏は、こんな危険な目にどうして自分はあうのだろう、自分の心ではあるが恋愛についてはもったいない、思うべからざる人を思った報いに、こんな後《あと》にも前《さき》にもない例となるようなみじめな目にあうのであろう、隠してもあった事実はすぐに噂《うわさ》になるであろう、陛下の思召《おぼしめ》しをはじめとして人が何と批評することだろう、世間の嘲笑《ちょうしょう》が自分の上に集まることであろう、とうとうついにこんなことで自分は名誉を傷つけるのだなと源氏は思っていた。

源氏と夕顔の逢引の舞台となったのが、当時寂れていた某院である。その某院とは、源融の旧邸趾であると伝承されている。その趾には現在、大木の根元にこのことを示す立て札が立てられている。この場所は、五条橋の近くにあるが、河原院は、五条通りから六条通りにいたる広大な屋敷であったといわれている。この河原院こそ、源氏の邸宅である六条院のモデルともいわれ、興味は尽きない。

八　幼い若紫を連れ去る源氏（「若紫」）

源氏は北山で見いだした少女（若紫）が、自分の愛する藤壺の兄の娘であることを知る。若紫は北山から尼君とともに都にもどっていたが、養育していた尼君が亡くなると、源氏は幼い若紫をなかば奪うようにして自邸（二条院）へ引き取る。次の場面は、正妻である葵上の家から若紫を引きとりにいくところである。のちに葵上が亡くなると、この若紫が正妻格となる。

「二条の院にぜひしなければならないことのあったのを私は思い出したから出かけます。用を済ませたらまた来ることにしましょう」

と源氏は不機嫌《ふきげん》な妻〔葵上〕に告げて、寝室をそっと出たので、女房たちも知らなかった。自身の部屋になっているほうで直衣《のうし》などは着た。馬に乗せた惟光だけを付き添いにして源氏は大納言〔紫の上の祖父〕家へ来た。門をたたくと何の気なしに下男が門をあけた。車を静かに中へ引き込ませて、源氏の伴った惟光〔源氏の従者〕が妻戸をたたいて、しわぶきをすると、少納言〔若紫の侍女〕が聞きつけて出て来た。

「来ていらっしゃるのです」

と言うと、

「女王様〔若紫〕はやすんでいらっしゃいます。どちらから、どうしてこんなにお早く」

と少納言が言う。源氏が人の所へ通って行った帰途だと解釈しているのである。

「宮様のほうへいらっしゃるそうですから、その前にちょっと一言お話をしておきたいと思って」

と源氏が言った。

「どんなことでございましょう。まあどんなに確かなお返辞がおできになりますことやら」

少納言は笑っていた。源氏が室内へはいって行こうとするので、この人は当惑したらしい。

「不行儀に女房たちがやすんでおりまして」

「まだ女王さんはお目ざめになっていないのでしょうね。私がお起こししましょう。もう朝霧がいっぱい降る時刻だのに、寝ているというのは」

と言いながら寝室へはいる源氏を少納言は止めることもできなかった。源氏は無心によく眠っていた姫君を抱き上げて目をさまさせた。女王は父宮〔兵部卿宮〕がお迎えにおいでになったのだと、まだまったくさめない心では思っていた。髪を撫《な》でて直したりして、

「さあ、いらっしゃい。宮様のお使いになって私が来たのですよ」

と言う声を聞いた時に姫君は驚いて、恐ろしく思うふうに見えた。

「いやですね。私だって宮様だって同じ人ですよ。鬼などであるものですか」

源氏の君が姫君をかかえて出て来た。少納言と、惟光《これみつ》と、外の女房とが、

「あ、どうなさいます」

と同時に言った。

「ここへは始終来られないから、気楽な所へお移ししようと言ったのだけれど、それには同意をなさらないで、ほかへお移りになることになったから、そちらへおいでになってはいろいろ面倒《めんどう》だから、それでなのだ。だれか一人ついておいでなさい」

　こう源氏の言うのを聞いて少納言はあわててしまった。

「今日では非常に困るかと思います。宮様がお迎えにおいでになりました

源氏が若紫をつれて入った二条院というのは、亡き母である桐壺の更衣が亡くなったところであった。源氏は元服と同時に二条院を相続し、後に新たに六条院が造営されても、二条院は残されている。源氏の明石時代の愛人の娘である明石姫君も、この邸宅で引き取られている。また、宇治十帖では宇治中の君がここに引き取られた。『源氏物語』で重要な場所となっている。

節、何とも申し上げようがないではございませんか。ある時間がたちましてから、ごいっしょにおなりになる御縁があるものでございましたら自然にそうなることでございましょう。まだあまりに御幼少でいらっしゃいますから。ただ今そんなことは皆の者の責任になることでございますから」

と言うと、

「じゃいい。今すぐについて来られないのなら、人はあとで来るがよい」

こんなふうに言って源氏は車を前へ寄せさせた。姫君も怪しくなって泣き出した。少納言は止めようがないので、昨夜縫った女王の着物を手にさげて、自身も着がえをしてから車に乗った。

二条の院は近かったから、まだ明るくならないうちに着いて、西の対に車を寄せて降りた。源氏は姫君を軽そうに抱いて降ろした。

九　藤壺との密会（「若紫」）

藤壺の宮は、源氏の父桐壺帝に寵愛されていた。病気で宮中から自邸へ退出した折に、源氏は侍女の手引きによって、藤壺と密会する。

藤壺の宮が少しお病気におなりになって宮中から自邸へ退出して来ておいでになった。帝《みかど》が日々恋しく思召《おぼしめ》す御様子に源氏は同情しながらも、稀《まれ》にしかないお実家《さと》住まいの機会をとらえないではまたいつ恋しいお顔が見られるかと夢中になって、それ以来どの恋人の所へも行かず宮中の宿直所《とのいどころ》ででも、二条の院ででも、昼間は終日物思いに暮らして、王命婦《おうみょうぶ》〔藤壺の侍女〕に手引きを迫ることのほかは何もしなかった。王命婦がどんな方法をとったのか与えられた無理なわずかな逢瀬《おうせ》の中にいる時も、幸福が現実の幸福とは思えないで夢としか思われないのが、源氏はみずから残念であった。宮も過去のある夜の思いがけぬ過失の罪悪感が一生忘れられないもののように思っておいでになって、せめてこの上の罪は重ねまいと深く思召したのであるのに、またもこうしたことを他動的に繰り返すことになったのを悲しくお思いになって、恨めしいふうでおありになりながら、柔らかな魅力があって、しかも打ち解けておいでにならない最高の貴女の態度が美しく思われる源氏は、やはりだれよりもすぐれた女性である、なぜ一所でも欠点を持っておいでにならないのであろう、それであれば自分の心はこうして死ぬほどにまで惹《ひ》かれないで楽であろうと思うと源氏はこの人の存在を自分に知らせた運命さえも恨めしく思われるのである。源氏の恋の万分の一も告げる時間のあるわけはない。永久の夜が欲《ほ》しいほどであるのに、逢わない時よりも恨めしい別れの時が至った。

見てもまた逢《あ》ふ夜稀《まれ》なる夢の中《うち》にやがてまぎるるわが身ともがな

涙にむせ返って言う源氏の様子を見ると、さすがに宮も悲しくて、

世語りに人やつたへん類《たぐ》ひなく憂《う》き身をさめぬ夢になしても

とお言いになった。宮が煩悶《はんもん》しておいでになるのも道理なことで、恋にくらんだ源氏の目にももったいなく思われた。

十　末摘花との密通（「末摘花」）

亡き常陸宮の姫君の噂を聞いた源氏は、零落した悲劇の姫君という幻想を抱いていた。友人の頭中将と競い合って、ようやく逢瀬を果たしたのであった。

まだ空はほの暗いのであるが、積もった雪の光で常よりも源氏の顔は若々しく美しく見えた。老いた女房たちは目の楽しみを与えられて幸福であった。

「さあ早くお出なさいまし、そんなにしていらっしゃるのはいけません。素直になさるのがいいのでございますよ」

などと注意をすると、この極端に内気な人〔末摘花〕にも、人の言うことは何でもそむけないところがあって、姿を繕いながら膝行《いざ》って出た。源氏はその方は見ないようにして

雪をながめるふうはしながらも横目は使わないのでもない。どうだろう、この人から美しい所を発見することができたらうれしかろうと源氏の思うのは無理な望みである。すわった背中の線の長く伸びていることが第一に目へ映った。はっとした。その次に並みはずれなものは鼻だった。注意がそれに引かれる。普賢菩薩《ふげんぼさつ》の乗った象という獣が思われるのである。高く長くて、先のほうが下に垂《た》れた形のそこだけが赤かった。それがいちばんひどい容貌《きりょう》の欠陥だと見える。顔色は雪以上に白くて青みがあった。額が腫《ふく》れたように高いのであるが、それでいて下方の長い顔に見えるというのは、全体がよくよく長い顔であることが思われる。痩《や》せぎすなことはかわいそうなくらいで、肩のあたりなどは痛かろうと思われるほど骨が着物を持ち上げていた。なぜすっかり見てしまったのであろうと後悔をしながらも源氏は、あまりに普通でない顔に気を取られていた。頭の形と、髪のか

（狩野派『源氏物語図　末摘花』大分市歴史資料館蔵）
雪の朝、外を見る光源氏が描かれる。部屋の中にいる赤い服を着た女性が末摘花であろう。光源氏は末摘花の方を見ないようにして、雪を見ている。そして、そっと横目で彼女を見て、彼女の奇異な容貌に驚くのであった。

かりぐあいだけは、平生美人だと思っている人にもあまり劣っていないようで、裾《すそ》が袿《うちぎ》の裾をいっぱいにした余りがまだ一尺くらいも外へはずれていた。その女王の服装までも言うのはあまりにはしたないようではあるが、昔の小説にも女の着ている物のことは真先《まっさき》に語られるものであるから書いてもよいかと思う。桃色の変色してしまったのを重ねた上に、何色かの真黒《まっくろ》に見える袿《うちぎ》、黒貂《ふるき》の毛の香のする皮衣を着ていた。毛皮は古風な貴族らしい着用品ではあるが、若い女に似合うはずのものでなく、ただ目だって異様だった。しかしながらこの服装でなければ寒気が堪えられぬと思える顔であるのを源氏は気の毒に思って見た。何とものが言えない。相手と同じように無言の人に自身までがなった気がしたが、この人が初めからものを言わなかったわけも明らかにしようとして何かと尋ねかけた。袖《そで》で深く口を被《おお》うているのもたまらなく野暮《やぼ》な形である。自然肱《ひじ》が張られて練って歩く儀式官の袖が思われた。さすがに笑顔《えがお》になった女の顔は品も何もない醜さを現わしていた。

十一　青海波を舞う源氏（「紅葉賀」）

天皇は紅葉の賀に出席できない藤壺のために、宮中でリハーサルを催した。源氏は青海波を舞ったが、御簾の奥にいる藤壺に視線を送った。このとき、藤壺は源氏の子供を懐妊

していたのである。

源氏の中将〔光源氏〕は青海波《せいがいは》を舞ったのである。二人舞の相手は左大臣家の頭中将《とうのちゅうじょう》〔葵の上の兄弟〕だった。人よりはすぐれた風采《ふうさい》のこの公子も、源氏のそばで見ては桜に隣った深山《みやま》の木というより言い方がない。夕方前のさっと明るくなった日光のもとで青海波は舞われたのである。地をする音楽もことに冴《さ》えて聞こえた。同じ舞ながらも面《おもて》づかい、足の踏み方などのみごとさに、ほかでも舞う青海波とは全然別な感じであった。舞い手が歌うところなどは、極楽の迦陵頻伽《かりょうびんが》の声と聞かれた。源氏の舞の巧妙さに帝は御落涙あそばされた。陪席した高官たちも親王方も同様である。歌が終わって袖《そで》が下へおろされると、待ち受けたようににぎわしく起こる楽音に舞い手の頬《ほお》が染まって常よりもまた光る君と見えた。東宮の母君の女御〔弘徽殿女御〕は舞い手の美しさを認識しながらも心が平らかでなかったのである。

「神様があの美貌《びぼう》に見入ってどうかなさらないかと思われるね、気味の悪い」

こんなことを言うのを、若い女房などは情けなく思って聞いた。

藤壺の宮は自分にやましい心がなかったらまして美しく見える舞であろうと見ながらも夢のような気があそばされた。その夜の宿直《とのい》の女御はこの宮であった。

「今日の試楽は青海波が王だったね。どう思いましたか」

宮はお返辞がしにくくて、

「特別に結構でございました」

とだけ。

「もう一人のほうも悪くないようだった。曲の意味の表現とか、手づかいとかに貴公子の舞はよいところがある。専門家の名人は上手《じょうず》であっても、無邪気な艶《えん》な趣をよう見せないよ。こんなに試楽の日に皆見てしまっては朱雀院の紅葉《もみじ》の日の興味がよほど薄くなると思ったが、あなたに見せたかったからね」

など仰せになった。

翌朝源氏は藤壺の宮へ手紙を送った。

どう御覧くださいましたか。苦しい思いに心を乱しながらでした。

京都市中京区の朱雀院跡。この場面における光源氏と頭中将による青海波は、朱雀院で行う賀宴のためのリハーサルとして舞われている。現在はNISSHA株式会社の敷地の一部となっているが、広々とした庭になっており、藤壺を思わず感動させる舞を舞う光源氏を偲ぶに十分なものがある。

物思ふに立ち舞ふべくもあらぬ身の袖うち振りし心知りきや
失礼をお許しください。
とあった。目にくらむほど美しかった昨日の舞を無視することがおできにならなかったのか、宮はお書きになった。
から人の袖ふることは遠けれど起《た》ち居《ゐ》につけて哀れとは見き
一観衆として。
たまさかに得た短い返事も、受けた源氏にとっては非常な幸福であった。支那《しな》における青海波の曲の起源なども知って作られた歌であることから、もう十分に后《きさき》らしい見識を備えていられると源氏は微笑して、手紙を仏の経巻のように拡《ひろ》げて見入っていた。

十二　賀茂の祭の車争い（「葵」）

桐壺帝が譲位して、源氏の腹違いの兄の朱雀帝が即位した。賀茂の祭の折、賀茂の斎院が鴨川の河原でみそぎをする日、源氏も供奉のため参列した。その姿を見ようとして、身分を隠して見物していた六条御息所の車と、源氏の正妻葵上の車が争った。

二条の大通りは物見の車と人とで隙《すき》もない。あちこちにできた桟敷《さじき》は、しつらいの趣味のよさを競って、御簾《みす》の下から出された女の袖口《そでぐち》にも特色がそれぞれあった。祭りも祭りであるがこれらは見物する価値を十分に持っている。左大臣家にいる葵夫人はそうした所へ出かけるようなことはあまり好まない上に、生理的に悩ましいころであったから、見物のことを、念頭に置いていなかったが、

「それではつまりません。私たちどうしで見物に出ますのではみじめで張り合いがございません、今日はただ大将様〔光源氏〕をお見上げすることに興味が集まっておりまして、労働者も遠い地方の人までも、はるばると妻や子をつれて京へ上って来たりしておりますのに奥様がお出かけにならないのはあまりでございます」

と女房たちの言うのを母君の宮様がお聞きになって、

「今日はちょうどあなたの気分もよくなっていることだから。出ないことは女房たちが物足りなく思うことだし、行っていらっしゃい」

こうお言いになった。それでにわかに供廻《ともまわ》りを作らせて、葵夫人は御禊《みそぎ》の行列の物見車の人となったのである。邸《やしき》を出たのはずっと朝もおそくなってからだった。この一行はそれほどたいそうにも見せないふうで出た。車のこみ合う中へ幾つかの左大臣家の車が続いて出て来たので、どこへ見物の場所を取ろうかと迷うばかりであった。貴族の女の乗用らしい車が多くとまっていて、つまらぬ物の少ない所を選んで、じゃまになる車は皆除《の》けさ

せた。その中に外見《そとみ》は網代車《あじろぐるま》の少し古くなった物にすぎぬが、御簾の下のとばりの好みもきわめて上品で、ずっと奥のほうへ寄って乗った人々の服装の優美な色も童女の上着の汗衫《かざみ》の端の少しずつ洩《も》れて見える様子にも、わざわざ目立たぬふうにして貴女《きじょ》の来ていることが思われるような車が二台あった。

「このお車はほかのとは違う。除《の》けられてよいようなものじゃない」

と言ってその車の者は手を触れさせない。双方に若い従者があって、祭りの酒に酔って気の立った時にすることははなはだしく手荒いのである。馬に乗った大臣家の老家従などが、

「そんなにするものじゃない」

と止めているが、勢い立った暴力を止めることは不可能である。斎宮《さいぐう》の母君の御息所《みやすどころ》〔六条御息所〕が物思いの慰めになろうかと、これは微行で来ていた物見車であった。素知らぬ顔をしていても左大臣家の者は皆それを心では知っていた。

「それくらいのことでいばらせないぞ、大将さんの引きがあると思うのかい」

などと言うのを、供の中には源氏の召使も混じっているのであるから、抗議をすれば、いっそう面倒《めんどう》になることを恐れて、だれも知らない顔を作っているのである。とうとう前へ大臣家の車を立て並べられて、御息所の車は葵夫人の女房が乗った幾台かの車の奥へ押し込まれて、何も見えないことになった。それを残念に思うよりも、こんな忍び姿の自身

葵祭（正式には賀茂祭）は、京都市の賀茂御祖神社（下鴨神社）と賀茂別雷神社（上賀茂神社）二社で、五月（陰暦四月の中の酉の日）に行なわれる。平安時代に「祭」といえばこの祭を指した。「車争い」は、葵祭の前儀にあたる賀茂川（鴨川）での斎院御禊の際に起きた。写真は下鴨神社の御手洗川で、現在はここで斎院御禊が行われる。

のだれであるかを見現わしてののしられていることが口惜《くちお》しくてならなかった。車の轅《ながえ》を据《す》える台なども脚《あし》は皆折られてしまって、ほかの車の胴へ先を引き掛けてようやく中心を保たせてあるのであるから、体裁の悪さもはなはだしい。どうしてこんな所へ出かけて来たのかと御息所は思うのであるが今さらしかたもないのである。見物するのをやめて帰ろうとしたが、他の車を避《よ》けて出て行くことは困難でできそうもない。そのうちに、

「見えて来た」

と言う声がした。行列をいうのである。それを聞くと、さすがに恨めしい人の姿が待たれるというのも恋する人の弱さではなかろうか。

源氏は御息所の来ていることなどは少しも気がつかないのであるから、振り

返ってみるはずもない。気の毒な御息所である。前から評判のあったとおりに、風流を尽くした物見車にたくさんの女の乗り込んでいる中には、素知らぬ顔は作りながらも源氏の好奇心を惹《ひ》くのもあった。微笑《ほほえ》みを見せて行くあたりには恋人たちの車があったことと思われる。左大臣家の車は一目で知れて、ここは源氏もきわめてまじめな顔をして通ったのである。行列の中の源氏の従者がこの一団の車には敬意を表して通った。侮辱されていることをまたこれによっても御息所はいたましいほど感じた。

十三　六条御息所の生霊（「葵」）

葵上（葵の君）と六条御息所との車争いの後、葵上は、出産に苦しむ。その枕上に顕れ、葵上を苦しめた生霊は、六条御息所のものであった。

葵の君はにわかに生みの苦しみにもだえ始めた。病気の祈祷のほかに安産の祈りも数多く始められたが、例の執念深い一つの物怪《もののけ》だけはどうしても夫人から離れない。名高い僧たちもこれほどの物怪には出あった経験がないと言って困っていた。さすがに法力におさえられて、哀れに泣いている。

「少しゆるめてくださいな、大将さん〔光源氏〕にお話しすることがあります」

そう夫人の口から言うのである。

「あんなこと。わけがありますよ。私たちの想像が当たりますよ」

女房はこんなことも言って、病床に添え立てた几帳《きちょう》の前へ源氏を導いた。父母たちは頼み少なくなった娘は、良人《おっと》に何か言い置くことがあるのかもしれないと思って座を避けた。この時に加持をする僧が声を低くして法華経《ほけきょう》を読み出したのが非常にありがたい気のすることであった。几帳の垂《た》れ絹《ぎぬ》を引き上げて源氏が中を見ると、夫人は美しい顔をして、そして腹部だけが盛り上がった形で寝ていた。他人でも涙なしには見られないのを、まして良人である源氏が見て惜しく悲しく思うのは道理である。白い着物を着ていて、顔色は病熱ではなやかになっている。たくさんな長い髪は中ほどで束ねられて、枕《まくら》に添えてある。美女がこんなふうでいることは最も魅惑的なものであると見えた。源氏は妻〔葵の上〕の手を取って、

「悲しいじゃありませんか。私にこんな苦しい思いをおさせになる」

多くものが言われなかった。ただ泣くばかりである。平生は源氏に真正面から見られるととてもきまりわるそうにして、横へそらすその目でじっと良人を見上げているうちに涙がそこから流れて出るのであった。それを見て源氏が深い憐《あわれ》みを覚えたことはいうまでもない。あまりに泣くのを見て、残して行く親たちのことを考えたり、また自分を見て、別

れの堪えがたい悲しみを覚えるのであろうと源氏は思った。

「そんなに悲しまないでいらっしゃい。それほど危険な状態でないと私は思う。またたとえどうなっても夫婦は来世でも逢えるのだからね。御両親も親子の縁の結ばれた間柄はまた特別な縁で来世で再会ができるのだと信じていらっしゃい」

と源氏が慰めると、

「そうじゃありません。私は苦しくてなりませんからしばらく法力をゆるめていただきたいとあなたにお願いしようとしたのです。私はこんなふうにしてこちらへ出て来ようなどとは思わないのですが、物思いをする人の魂というものはほんとうに自分から離れて行くものなのです」

なつかしい調子でそう言ったあとで、

歎《なげ》きわび空に乱るるわが魂《たま》を結びとめてよ下がひの褄《つま》

という声も様子も夫人ではなかった。まったく変わってしまっているのである。怪しいと思って考えてみると、夫人はすっかり六条の御息所になっていた。源氏はあさましかった。人がいろいろな噂《うわさ》をしても、くだらぬ人が言い出したこととして、これまで源氏の否定してきたことが眼前に事実となって現われているのであった。こんなことがこの世にありもするのだと思うと、人生がいやなものに思われ出した。

「そんなことをお言いになっても、あなたがだれであるか私は知らない。確かに名を言ってごらんなさい」

源氏がこう言ったのちのその人はますます御息所そっくりに見えた。あさましいなどという言葉では言い足りない悪感《おかん》を源氏は覚えた。女房たちが近く寄って来る気配《けはい》にも、源氏はそれを見現わされはせぬかと胸がとどろいた。病苦にもだえる声が少し静まったのは、ちょっと楽になったのではないかと宮様〔葵の母〕が飲み湯を持たせておよこしになった時、その女房に抱き起こされて間もなく子が生まれた。源氏が非常にうれしく思った時、他の人間に移してあったのが皆口惜《くちお》しがって物怪は騒ぎ立った。それにまだ後産《あとざん》も済まぬのであるから少なからぬ不安があった。良人と両親が神仏に大願を立てたのはこの時である。そのせいであったかすべてが無事に済んだので、叡山《えいざん》の座主《ざす》をはじめ高

斎王が潔斎のために籠った野宮。葵の君の死後、生霊にもなりかねない自らの妄執を悟った六条御息所は、斎王となった娘に付いて野宮に籠る。斎王のみならず、御息所自身の潔斎の場所としても作用した聖なる地である。

僧たちが、だれも皆誇らかに汗を拭《ぬぐ》い拭い帰って行った。これまで心配をし続けていた人はほっとして、危険もこれで去ったという安心を覚えて恢復《かいふく》の曙光《しょこう》も現われたとだれもが思った。修法などはまた改めて行なわせていたが、今目前に新しい命が一つ出現したことに対する歓喜が大きくて、左大臣家は昨日に変わる幸福に満たされた形である。院をはじめとして親王方、高官たちから派手《はで》な産養《うぶやしない》の賀宴が毎夜持ち込まれた。出生したのは男子でさえもあったからそれらの儀式がことさらはなやかであった。

十四　光源氏の都落ち（「明石」）

朱雀帝の祖父にあたる右大臣は、太政大臣となって権勢を誇る。源氏は母親をいじめた敵方の娘である朧月夜と関係をもってしまう、その事実がスキャンダルとなる前に、みずから身を引いて、須磨へと居を移した。自己流謫である。須磨の地は、現在の兵庫県であり、ぎりぎり畿内ではあっても、寂しいところであった。

終日風の揉《も》み抜いた家にいたのであるから、源氏も疲労して思わず眠った。ひどい場所であったから、横になったのではなく、ただ物によりかかって見る夢に、お亡《な》くなりになっ

た院〔桐壺院〕がはいっておいでになったかと思うと、すぐそこへお立ちになって、

「どうしてこんなひどい所にいるか」

こうお言いになりながら、源氏の手を取って引き立てようとあそばされる。

「住吉の神が導いてくださるのについて、早くこの浦を去ってしまうがよい」

と仰せられる。源氏はうれしくて、

「陛下〔桐壺院〕とお別れいたしましてからは、いろいろと悲しいことばかりがございますから私はもうこの海岸で死のうかと思います」

「とんでもない。これはね、ただおまえが受けるちょっとしたことの報いにすぎないのだ。私は位にいる間に過失もなかったつもりであったが、犯した罪があって、その罪の贖《つぐな》いをする間は忙《せわ》しくてこの世を顧みる暇がなかったのだが、おまえが非常に不幸で、悲しんでいるのを見ると堪えられなくて、海の中を来たり、海べを通ったりまったく困ったがやっとここまで来ることができた。このついでに陛下へ申し上げることがあるから、すぐに京へ行く」

と仰せになってそのまま行っておしまいになろうとした。源氏は悲しくて、

「私もお供してまいります」

と泣き入って、父帝のお顔を見上げようとした時に、人は見えないで、月の顔だけがきらきらとして前にあった。源氏は夢とは思われないで、まだ名残《なごり》がそこらに漂っているよ

うに思われた。空の雲が身にしむように動いてもいるのである。長い間夢の中で見ることもできなかった恋しい父帝をしばらくだけではあったが明瞭《めいりょう》に見ることのできた、そのお顔が面影に見えて、自分がこんなふうに不幸の底に落ちて、生命《いのち》も危うくなったのを、助けるために遠い世界からおいでになったのであろうと思うと、よくあの騒ぎがあったことであると、こんなことを源氏は思うようになった。なんとなく力がついてきた。その時は胸がはっとした思いでいっぱいになって、現実の悲しいことも皆忘れていたが、夢の中でももう少しお話をすればよかったと飽き足らぬ気のする源氏は、もう一度続きの夢が見られるかとわざわざ寝入ろうとしたが、眠りえないままで夜明けになった。

渚《なぎさ》のほうに小さな船を寄せて、二、三人が源氏の家のほうへ歩いて来た。だれかと山荘の者が問うてみると、明石《あかし》の浦から前播磨守《さきのはりまのかみ》入道が船で訪《たず》ねて来ていて、その使いとして来た者であった。

「源《げん》少納言〔良清《よしきよ》。光源氏の従者〕さんがいられましたら、お目にかかって、お訪ねいたしました理由を申し上げます」

と使いは入道の言葉を述べた。驚いていた良清は、

「入道は播磨での知人で、ずっと以前から知っておりますが、私との間には双方で感情の害されていることがあって、格別に交際《つきあい》をしなくなっております。それが風波の害のあった際に何を言って来たのでしょう」

と言って訳がわからないふうであった。源氏は昨夜の夢のことが胸中にあって、

「早く逢《あ》ってやれ」

と言ったので、良清は船へ行って入道に面会した。あんなにはげしい天気のあとでどうして船が出されたのであろうと良清はまず不思議に思った。

「この月一日の夜に見ました夢で異形《いぎょう》の者からお告げを受けたのです。信じがたいこととは思いましたが、十三日が来れば明瞭になる、船の仕度《したく》をしておいて、必ず雨風がやんだら須磨の源氏の君の住居《すまい》へ行けというようなお告げがありましたから、試みに船の用意をして待っていますと、たいへんな雨風でしょう、そして雷でしょう、支那《しな》などでも夢の告げを信じてそれで国難を救うことができたりした例もあるのですから、こちら様ではお信じにならなくても、示しのあった十三日にはこちらへ伺ってお話だけは申し上げようと思いまして、船を出してみますと、特別なような風が細く、私の船だけを吹き送ってくれますような風でこちらへ着きましたが、やはり神様の御案内だったと思います。何かこちらでも神の告げというようなことがなかったでしょうか、と申すことを失礼ですがあなたからお取り次ぎくださいませんか」

と入道は言うのである。良清はそっと源氏へこのことを伝えた。源氏は夢も現実も静かでなく、何かの暗示らしい点の多かったことを思って、世間の譏《そし》りなどばかりを気にかけ神の冥助《みょうじょ》にそむくことをすれば、またこれ以上の苦しみを見る日が来るであろう、人間を

怒らせることすら結果は相当に恐ろしいのである、気の進まぬことも自分より年長者であったり、上の地位にいる人の言葉には随《したが》うべきである。退いて咎《とが》なしと昔の賢人も言った、あくまで謙遜《けんそん》であるべきである。もう自分は生命《いのち》の危《あぶな》いほどの目を幾つも見せられた、臆《おく》病《びょう》であったと言われることを不名誉だと考える必要もない。夢の中でも父帝は住吉《すみよし》の神のことを仰せられたのであるから、疑うことは一つも残っていないと思って、源氏は明石へ居を移す決心をして、入道へ返辞を伝えさせた。

「知るべのない所へ来まして、いろいろな災厄《さいやく》にあっていましても、京のほうからは見舞いを言い送ってくれる者もありませんから、ただ大空の月日だけを昔馴染《なじみ》のものと思ってながめているのですが、今日船を私のために寄せてくださすってありがたく思います。明石には私の隠栖《いんせい》に適した場所があるでしょうか」

入道は申し入れの受けられたことを非常によろこんで、恐縮の意を表してきた。ともかく夜が明けきらぬうちに船へお乗りになるがよいということになって、例の四、五人だけが源氏を護《まも》って乗船した。入道の話のような清い涼しい風が吹いて来て、船は飛ぶように明石へ着いた。それはほんの短い時間のことであったが不思議な海上の気であった。

明石の浦の風光は、源氏がかねて聞いていたように美しかった。ただ須磨に比べて住む人間の多いことだけが源氏の本意に反したことのようである。入道の持っている土地は広くて、海岸のほうにも、山手のほうにも大きな邸宅があった。渚《なぎさ》には風流な小亭《しょうてい》が作って

須磨に蟄居した光源氏が住まいを定めたのが、現在の現光寺（神戸市須磨区）のあたりだと考えられている。江戸期には光源氏の居住地とされ、「源氏寺」とも呼ばれた。ここで源氏は嵐に遭い、明石入道の勧めに従って明石へ移っていくことになる。

あり、山手のほうには、渓流《けいりゅう》に沿った場所に、入道がこもって後世《ごせ》の祈りをする三昧堂《さんまいどう》があって、老後のために蓄積してある財物のための倉庫町もある。高潮を恐れてこのごろは娘その他の家族は山手の家のほうに移らせてあったから、浜のほうの本邸に源氏一行は気楽に住んでいることができるのであった。船から車に乗り移るころにようやく朝日が上って、ほのかに見ることのできた源氏の美貌《びぼう》に入道は老いを忘れることもでき、命も延びる気がした。満面に笑《え》みを見せてまず住吉の神をはるかに拝んだ。月と日を掌《てのひら》の中に得たような喜びをして、入道が源氏を大事がるのはもっともなことである。おのずから風景の明媚《めいび》な土地に、林泉の美が巧みに加えられた庭が座敷の周囲にあった。入り江の水の姿の趣などは想像力の乏しい画家には描《か》けないであろうと思われた。須磨の家に比べるとここは非常に明るくて朗らかであった。座敷の中の設備にも華奢《かしゃ》が尽くされてあった。生活ぶりは都の大貴族と少しも変わっていないのである。それよりもまだ派手《はで》なところが見えないでもない。

十五　桐壺帝の亡霊（「明石」）

須磨の源氏のもとにあらわれた亡き桐壺帝が、宮中の朱雀帝のもとにもあらわれた。朱雀帝は罪もない源氏が須磨へ流されていることを思うのである。

この年は日本に天変地異ともいうべきことがいくつも現われてきた。三月十三日の雷雨の烈《はげ》しかった夜、帝《みかど》〔朱雀帝〕の御夢に先帝〔桐壺院〕が清涼殿の階段《きざはし》の所へお立ちになって、非常に御機嫌《ごきげん》の悪い顔つきでおにらみになったので、帝がかしこまっておいでになると、先帝からはいろいろの仰せがあった。それは多く源氏のことが申されたらしい。おさめになったあとで帝は恐ろしく思召《おぼしめ》した。また御子として、他界におわしましてなお御心労を負わせられることが堪えられないことであると悲しく思召した。太后〔弘徽殿女御〕へお話しになると、

「雨などが降って、天気の荒れている夜などというものは、平生神経を悩ましていることが悪夢にもなって見えるものですから、それに動かされたと外へ見えるようなことはなさらないほうがよい。軽々しく思われます」

と母君は申されるのであった。おにらみになる父帝の目と視線をお合わせになったためでか、帝は眼病におかかりになって重くお煩《わずら》いになることになった。御謹慎的な精進を宮中でもあそばすし、太后の宮でもしておいでになった。また太政大臣が突然亡《な》くなった。もう高齢であったから不思議でもないのであるが、そのことから不穏な空気が世上に醸《かも》されていくことにもなったし、太后も何ということなしに寝ついておしまいになって、長く御平癒《へいゆ》のことがない。御衰弱が進んでいくことで帝は御心痛をあそばされた。

「私はやはり源氏の君が犯した罪もないのに、官位を剥奪《はくだつ》されているようなことは、われわれの上に報いてくることだろうと思います。どうしても本官に復させてやらねばなりません」

このことをたびたび帝は太后へ仰せになるのであった。

「それは世間の非難を招くことですよ。罪を恐れて都を出て行った人を、三年もたたないでお許しになっては天下の識者が何と言うでしょう」

などとお言いになって、太后はあくまでも源氏の復職に賛成をあそばさないままで月日がたち、帝と太后の御病気は依然としておよろしくないのであった。

写真は、現在の清涼殿の跡地（京都市上京区田中町）である。普通の民家の脇に京都市文化市民局の立て看板が立っている。このあたりに天皇が日常の御所としていた清涼殿があった。この清涼殿の階段のところに、今は亡き桐壺帝が立って、朱雀帝と対面する。それは夢のなかの出来事にしてはリアルであった。

十六　明石入道との出会い（「明石」）

須磨にわび住まいしていた源氏のもとへ前播磨守である明石の入道がやってくる。住吉の神の導きであると物語は述べている。入道は、明石にある自らの邸宅に源氏を招き手厚くもてなした。さらに入道は、浜の館から娘（明石の君）のいる山手の家へ源氏を招いた。

山手の家は林泉の美が浜の邸《やしき》にまさっていた。浜の館《やかた》は派手《はで》に作り、これは幽邃《ゆうすい》であることを主にしてあった。若い女のいる所としてはきわめて寂しい。こんな所にいては人生のことが皆身にしむことに思えるであろうと源氏は恋人〔明石の君〕に同情した。三昧堂《さんまいどう》が近くて、そこで鳴らす鐘の音が松風に響き合って悲しい。岩にはえた松の形が皆よかった。植え込みの中にはあらゆる秋の虫が集まって鳴いているのである。源氏は邸内をしばらくあちらこちらと歩いてみた。娘の住居《すまい》になっている建物はことによく作られてあった。月のさし込んだ妻戸が少しばかり開かれてある。そこの縁へ上がって、源氏は娘へものを言いかけた。これほどには接近して逢おうとは思わなかった娘であるから、よそよそしくしか答えない。貴族らしく気どる女である。もっとすぐれた身分の女でも今日までこの女に言い送ってあるほどの熱情を見せれば、皆好意を表するものであると過去の経験から教えられている。この女は現在の自分を侮《あなど》って見ているのではないかなどと、焦慮の中には、こんなことも源氏は思われた。力で勝つことは初めからの本意でもない、女の心を動かすことができずに帰るのは見苦しいとも思う源氏が追い追いに熱してくる言葉などは、明石の浦でされることが少し場所違いでもったいなく思われるものであった。几帳《きちょう》の紐《ひも》が動いて触れた時に、十三絃《げん》の琴の緒《お》が鳴った。それによってさっきまで琴などを弾《ひ》いていた若い女の美しい室内の生活ぶりが想像されて、源氏はますます熱していく。

「今音が少ししたようですね。琴だけでも私に聞かせてくださいませんか」

とも源氏は言った。

むつ言を語りあはせん人もがなうき世の夢もなかば覚《さ》むやと

明けぬ夜にやがてまどへる心には何《いづ》れを夢と分《わ》きて語らん

前のは源氏の歌で、あとのは女の答えたものである。ほのかに言う様子は伊勢《いせ》の御息所《みやすどころ》〔六条御息所〕にそっくり似た人であった。源氏がそこへはいって来ようなどとは娘の予期しなかったことであったから、それが突然なことでもあって、娘は立って近い一つの部屋へはいってしまった。そしてどうしたのか、戸はまたあけられないようにしてしまった。源氏はしいてはいろうとする気にもなっていなかった。しかし源氏が躊躇《ちゅうちょ》したのは

写真は蔦の細道といわれている。地元明石市教育委員会の立て看板によると、源氏が明石の君に会いに行くため通った路のモデルという。明石の君の父の館がこの近くの善楽寺とされる。明石の君は、高波を避けるため、さらに高台の山手の家にいたということになっている。明石は、畿内の外れにあたり、西国へ行く交通の要路であった。

ほんの一瞬間のことで、結局は行く所まで行ってしまったわけである。女はやや背が高くて、気高《けだか》い様子の受け取れる人であった。源氏自身の内にたいした衝動も受けていないでこうなったことも、前生の因縁であろうと思うと、そのことで愛が湧《わ》いてくるように思われた。源氏から見て近まさりのした恋と言ってよいのである。平生は苦しくばかり思われる秋の長夜もすぐ明けていく気がした。人に知らせたくないと思う心から、誠意のある約束をした源氏は朝にならぬうちに帰った。

十七　上京する明石の君（「松風」）

源氏と明石の入道の娘（明石の君）との間に娘が生まれた。上京して政権に復帰した源氏は、娘を都に呼び寄せようとする。次の場面は、明石の君が、母や娘とともに上京するため、父の入道と別れるところである。

免れがたい因縁に引かれていよいよそこを去る時になったのであると思うと、女（明石の君）の心は馴染《なじみ》深い明石の浦に名残《なごり》が惜しまれた。父の入道を一人ぼっちで残すことも苦痛であった。なぜ自分だけはこんな悲しみをしなければならないのであろうと、朗らかな運命を持つ人がうらやましかった。両親も源氏に迎えられて娘が出京するというようなことは長い間寝てもさめても願っていたことで、それが実現される喜びはあっても、その日を限りに娘たちと別れて孤独になる将来を考えると堪えがたく悲しくて、夜も昼も物思いに入道は呆《ぼう》としていた。言うことはいつも同じことで、

「そして私は姫君の顔を見ないでいるのだね」

それぱかりである。夫人の心も非常に悲しかった。これまでもすでに同じ家には住まず別居の形になっていたのであるから、明石が上京したあとに自分だけが残る必要も認めてはいないものの、地方にいる間だけの仮の夫婦の中でも月日が重なって馴染《なじみ》の深くなった人たちは別れがたいものに違いないのであるから、まして夫人にとっては頑固《がんこ》な我意の強い良人《おっと》ではあったが、明石に作った家で終わる命を予想して、信頼して来た妻なのであるからにわかに別れて京へ行ってしまうことは心細かった。光明を見失った人になって田舎《いなか》の生活をしていた若い女房などは、蘇生《そせい》のできたほどにうれしいのであるが、美しい明石の浦の風景に接する日のまたないであろうことを思うことで心のめいることもあった。これは秋のことであったからことに物事が身に沁《し》んで思われた。出立の日の夜明けに、涼しい秋風が吹いていて、虫の声もする時、明石の君は海のほうをながめていた。入道は後夜《ごや》に起きたままでいて、鼻をすすりながら仏前の勤めをしていた。門出の日は縁起を祝って、不吉なことはだれもいっさい避けようとしているが、父も娘も忍ぶことができずに泣いて

第五代明石藩主・松平忠国は、『源氏物語』に興味をもって、明石にある源氏の史蹟を調べて、そのモデルになった場所を特定している。写真の寺は、善楽寺で、明石の入道の浜辺の館のあった場所と推測されている。近くに海があり、海運で栄えた町であったことを物語っている。

いた。小さい姫君は非常に美しくて、夜光の珠《たま》と思われる麗質の備わっているのを、これまでどれほど入道が愛したかしれない。祖父の愛によく馴染んでいる姫君を入道は見て、

「僧形《そうぎょう》の私が姫君のそばにいることは遠慮すべきだとこれまでも思いながら、片時だってお顔を見ねばいられなかった私は、これから先どうするつもりだろう」

と泣く。

十八　源氏、明石の姫君を引き取る（「薄雲」）

上京した明石の君は、娘、母とともに大井川の近くの山荘に住んでいたが、源氏が二条院の邸宅で娘を引き取りたいという申し出を承諾した。小さな娘（明石の姫君）は女房にともなわれて二条院へやってきた。そこでは源氏の正妻格である紫の上によって育てられることになっていた。

暗くなってから着いた二条の院のはなやかな空気はどこにもあふれるばかりに見えて、田舎に馴《な》れてきた自分らがこの中で暮らすことはきまりの悪い恥ずかしいことであると、二人の女〔明石の姫君の女房〕は車から下《お》りるのに躊躇《ちゅうちょ》さえした。西向きの座敷が姫君の居間として設けられてあって、小さい室内の装飾品、手道具がそろえられてあった。乳母の部屋は西の渡殿の北側の一室にできていた。姫君〔明石の姫君〕は途中で眠ってしまったのである。抱きおろされて目がさめた時にも泣きなどはしなかった。夫人〔紫の上〕の居間で菓子を食べなどしていたが、そのうちあたりを見まわして母〔明石の君〕のいないことに気がつくと、かわいいふうに不安な表情を見せた。源氏は乳母を呼んでなだめさせた。残された母親はましてどんなに悲しがっていることであろうと、想像されることは、源氏に心苦しいことであったが、こうして最愛の妻と二人でこのかわいい子をこれから育ていくことは非常な幸福なことであるとも思った。どうしてあの人に生まれて、この人に生まれてこなかったか、自分の娘として完全に瑕《きず》のない所へはなぜできてこなかったのかと、さすがに残念にも源氏は思うのであった。当座は母や祖母や、大井の家で見馴《な》れた人たちの名を呼んで泣くこともあったが、大体が優しい、美しい気質の子であったから、よく夫人に親しんでしまった。女王《にょおう》は可憐《かれん》なものを得たと満足しているのである。専心にこの子の世話をして、抱いたり、ながめたりすることが夫人のまたとない喜びになって、乳母も自然に夫人に接近するようになった。ほかにもう一人身分ある女の乳の出る人が乳母に添えられた。

袴着《はかまぎ》はたいそうな用意がされたのでもなかったが世間並みなものではなかった。その席上の飾りが雛《ひな》遊びの物のようで美しかった。列席した高官たちなどはこんな日にだけ来るのでもなく、毎日のように出入りするのであったから目だたなかった。ただその式で姫君が袴の紐《ひも》を互いちがいに襷形《たすきがた》に胸へ掛けて結んだ姿がいっそうかわいく見えたことを言っておかねばならない。

大井の山荘では毎日子を恋しがって明石〔明石の君〕が泣いていた。自身の愛が足らず、考えが足りなかったようにも後悔していた。尼君も泣いてばかりいたが、姫君の大事がられている消息の伝わってくることはこの人にもうれしかった。十分にされていて袴着の贈り物などここから持たせてやる必要は何もなさそうに思われたので、姫君づきの女房たち

明石君が移り住んだ大井山荘は、元々、母の祖父「中務宮」が隠棲していた場所であった。この「中務宮」は鎌倉期の注釈書『紫明抄』以来、兼明親王がモデルとして想定されており、その兼明親王が隠棲したのが、ここである。現在では竹やぶになっているが、兼明親王の旧居があったとする石碑が残る。

に、乳母をはじめ新しい一重ねずつの華美な衣裳を寄贈《おく》るだけのことにした。子さえ取ればあとは無用視するように女が思わないかと気がかりに思って年内にまた源氏は大井へ行った。寂しい山荘住まいをして、唯一の慰めであった子供に離れた女に同情して源氏は絶え間なく手紙を送っていた。夫人ももうこのごろではかわいい人に免じて恨むことが少なくなった。

十九　玉鬘を養女にする源氏（「蛍」）

玉鬘は、亡き夕顔の娘で、乳母一家によって九州で育てられていた。父を求めて上京したとき、不思議な縁で源氏に養女として引き取られることになる。そんな玉鬘に思いを抱く異母弟の兵部卿宮を源氏は招いて会わせた。

夕闇時《ゆうやみ》が過ぎて、暗く曇った空を後ろにして、しめやかな感じのする風采《ふうさい》の宮がすわっておいでになるのも艶《えん》であった。奥の室から吹き通う薫香《たきもの》の香に源氏の衣服から散る香も混じって宮〔蛍兵部卿宮。光源氏の弟〕のおいでになるあたりは匂《にお》いに満ちていた。予期した以上の高華《こうげ》な趣の添った女性らしくまず宮はお思いになったのであった。宮のお語りになることは、じみな落ち着いた御希望であって、情熱ばかりを見せようとあそばすものでもないのが優美に感ぜられた。源氏は興味をもってこちらで聞いているのである。姫君〔玉鬘。源氏の養女〕は東の室に引き込んで横になっていたが、宰相の君〔玉鬘の侍女〕が宮のお言葉を持ってそのほうへはいって行く時に源氏は言《こと》づてた。

「あまりに重苦しいしかたです。すべて相手次第で態度を変えることが必要で、そして無難です。少女らしく恥ずかしがっている年齢《とし》でもない。この宮さんなどに人づてのお話などをなさるべきでない。声はお惜しみになっても少しは近い所へ出ていないではいけませんよ」

などと言う忠告である。玉鬘は困っていた。なおこうしていればその用があるふうをしてそばへ寄って来ないとは保証されない源氏であったから、複雑な侘《わび》しさを感じながら玉鬘はそこを出て中央の室の几帳《きちょう》のところへ、よりかかるような形で身を横たえた。宮の長いお言葉に対して返辞がしにくい気がして玉鬘が躊躇《ちゅうちょ》している時、源氏はそばへ来て薄物の几帳の垂《た》れを一枚だけ上へ上げたかと思うと、蝋《ろう》の燭《ひ》をだれかが差し出したかと思うような光があたりを照らした。玉鬘は驚いていた。夕方から用意して蛍《ほたる》を薄様《うすよう》の紙へたくさん包ませておいて、今まで隠していたのを、さりげなしに几帳を引き繕うふうをしてにわかに袖《そで》から出したのである。たちまちに異常な光がかたわらに湧《わ》いた驚きに扇で顔を隠す玉鬘の姿が美しかった。強い明りがさしたならば宮も中をおのぞきになるであろう、ただ自分の娘であるから美貌《びぼう》であろうと想像をしておいでになるだけで、実質のこれほどすぐれた人とも認識しておいでにならないであろう。好色なお心を遣《や》る瀬ないものにして見せようと源氏が計ったことである。実子の姫君であったならこんな物狂わしい計らいはしないであろうと思われる。源氏はそっとそのまま外の戸口から出て帰ってしまった。宮は最初姫君のいる所はその辺であろうと見当をおつけになったのが、予期したよりも近い所であったから、興奮をあそばしながら薄物の几帳の間から中をのぞいておいでになった時に、一室ほど離れた所に思いがけない光が湧いたのでおもしろくお思いになった。まもなく明りは薄れてしまったが、しかも瞬間のほのかな光は恋の遊戯にふさわしい効果があった。かすかによりは見えなかったが、やや大柄な姫君の美しかった姿に宮のお心は十分に惹《ひ》かれて源氏の策は成功したわけである。

（歌川豊国『紫式部げんじかるた　廿五　ほたる』国立国会図書館蔵）
『源氏物語』の世界を踏まえながら、内容を江戸の風俗に焼き直した源氏絵の典型的なものである。蛍に映し出される右側の女性は『源氏物語』で言えば玉鬘だが、どこか遊女的で、見る男（『源氏物語』では蛍宮にあたる）も嫖客の風情がある。ただ、玉鬘を使って六条院に男たちを集めていた光源氏は、妓楼の主人のようなものだったと言えなくもなく、江戸人の『源氏物語』享受として興味深いものがある。

二十　覗き見する夕霧（「野分」）

八月のある日、台風が都に吹き荒れる。六条院の庭の草木も倒された。そこへやってきた源氏の息子の中将（夕霧）は、源氏の正妻である紫の上（紫の女王）を垣間見て、その美しさを印象にとどめるのである。

南の御殿のほうも前の庭を修理させた直後であったから、この野分にもとあらの小萩《こはぎ》が奔放に枝を振り乱すのを傍観しているよりほかはなかった。枝が折られて露の宿ともなれないふうの秋草を女王《にょおう》〔紫の上〕は縁の近くに出てながめていた。源氏は小姫君〔明石の姫君〕の所にいたころであったが、中将〔夕霧〕が来て東の渡殿《わたどの》の衝立《ついたて》の上から妻戸の開いた中を何心もなく見ると女房がおおぜいいた。中将は立ちどまって音をさせぬようにしてのぞいていた。屏風《びょうぶ》なども風のはげしいために皆畳み寄せてあったから、ずっと先のほうもよく見えるのであるが、そこの縁付きの座敷にいる一女性が中将の目にはいった。女房たちと混同して見える姿ではない。気高《けだか》くてきれいで、さっと匂《にお》いの立つ気がして、春の曙《あけぼの》の霞《かすみ》の中から美しい樺桜《かばざくら》の咲き乱れたのを見いだしたような気がした。夢中になってながめる者の顔にまで愛嬌《あいきょう》が反映するほどである。かつて見たことのない麗人である。御《み》簾《す》の吹き上げられるのを、女房たちがおさえ歩くのを見ながら、どうしたのかその人が笑った。非常に美しかった。草花に同情して奥へもはいらずに紫の女王がいたのである。女房もきれいな人ばかりがいるようであっても、そんなほうへは目が移らない。父の大臣〔光源氏〕が自分に接近する機会を与えないのは、こんなふうに男性が見ては平静でありえなくなる美貌《びぼう》の継母と自分を、聡明《そうめい》な父は隔離するようにして親しませなかったのであったと思うと、中将は自身の隙見《すきみ》の罪が恐ろしくなって、立ち去ろうとする時に、源氏は西側の襖子《ふすま》をあけて夫人の居間へはいって来た。

「いやな日だ。あわただしい風だね、格子を皆おろしてしまうがよい、男の用人がこの辺にもいるだろうから、用心をしなければ」

と源氏が言っているのを聞いて、中将はまた元の場所へ寄ってのぞいた。女王は何かものを言っていて源氏も微笑しながらその顔を見ていた。親という気がせぬほど源氏は若くきれいで、美しい男の盛りのように見えた。女の美もまた完成の域に達した時であろうと、身にしむほどに中将は思ったが、この東側の格子も風に吹き散らされて、立っている所が中から見えそうになったのに恐れて身を退《の》けてしまった。そして今来たように咳《せき》払いなどをしながら南の縁のほうへ歩いて出た。

「だから私が言ったように不用心だったのだ」

こう言った源氏がはじめて東の妻戸のあいていたことを見つけた。長い年月の間こうした機会がとらえられなかったのであるが、風は巌《いわ》も動かすという言葉に真理がある、慎み深い貴女《きじょ》も風のために端へ出ておられて、自分に珍しい喜びを与えたのであると中将は思ったのであった。

（歌川国重「源氏香の図　野分」東京都立図書館蔵）

台風が吹いて、吹き上げられる御簾を抑える女房たちと、奥から庭を眺める紫の上が描かれる。右の女性が紫の上である。そして、別方向からその紫の上に視線を投げかける男が夕霧。美貌の継母を食い入るように見つめる、その熱っぽさが伝わってくる絵になっている。

二一　灰をかけられた大将（「真木柱」）

尚侍《ないしのかみ》として出仕を控えていた玉鬘を強引な形で愛人にしてしまった髭黒大将は、源氏のもとから玉鬘をみずからの邸宅へ迎え入れようとしていた。こうした髭黒を、長年連れ添った妻は面白く思わず、ある日、玉鬘のところに通おうとする夫に平静を装っていたが、ついに狂乱する。

日が暮れると大将〔髭黒〕の心はもう静めようもなく浮き立って、どうかして自邸から一刻も早く出たいとばかり願うのであったが、大降りに雪が降っていた。こんな天候の時に家を出て行くことは人目に不人情なことに映ることであろうし、妻が見さかいなしの嫉《しっ》妬《と》でもするのでもあれば自分のほうからも十分に抗争して家を出て行く機会も作れるのであるが、おおように静かにしていられては、ただ気の毒になるばかりであると、大将は煩悶して格子《こうし》も下《お》ろさせずに、縁側へ近い所で庭をながめているのを、夫人が見て、

「あやにくな雪はだんだん深くなるようですよ。時間だってもうおそいでしょう」

と外出を促して、もう自分といることに全然良人《おっと》は興味を失っているのであるから、とめてもむだであると考えているらしいのが哀れに見られた。

「こんな夜にどうして」

と大将は言ったのであるが、そのあとではまた反対な意味のことを、

「当分はこちらの心持ちを知らずに、そばにいる女房などからいろんなことを言われたりして疑ったりすることもあるだろうし、また両方で大臣がこちらの態度を監視していられも

するのだから、間を置かないで行く必要がある。あなたは落ち着いて、気長に私を見ていてください。邸《やしき》へつれて来れば、それからはその人だけを偏愛するように見えることもしないで済むでしょう。今日のように病気が起こらないでいる時には、少し外へ向いているような心もなくなって、あなたばかりが好きになる」

こんなに言っていた。

「家においでになっても、お心だけは外へ行っていては私も苦しゅうございます。よそにいらっしってもこちらのことを思いやっていてさえくだされば私の氷《こお》った涙も解けるでしょう」

夫人は柔らかに言っていた。火入れを持って来させて夫人は良人の外出の衣服に香を焚《た》きしめさせていた。夫人自身は構わない着ふるした衣服を着て、ほっそりとした弱々しい姿で、気のめいるふうにすわっているのをながめて、大将は心苦しく思った。目の泣きはらされているのだけは醜いのを、愛している良人の心にはそれも悪いとは思えないのである。長い年月の間二人だけが愛し合ってきたのであると思うと、新しい妻に傾倒してしまった自分は軽薄な男であると、大将は反省をしながらも、行って逢《あ》おうとする新しい妻を思う興奮はどうすることもできない。心にもない歎息《たんそく》をしながら、着がえをして、なお小さい火入れを袖《そで》の中へ入れて香《におい》をしめていた。ちょうどよいほどに着なれた衣服に身を装うた大将は、源氏の美貌《びぼう》の前にこそ光はないが、くっきりとした男性的な顔は、平凡な階級

の男の顔ではなかった。貴族らしい風采《ふうさい》である。侍所《さむらいどころ》に集っている人たちが、

「ちょっと雪もやんだようだ。もうおそかろう」

などと言って、さすがに真正面から促すのでなく、主人《あるじ》の注意を引こうとするようなことを言う声が聞こえた。中将の君や木工《もく》〔髭黒家の侍女〕などは、

「悲しいことになってしまいましたね」

などと話して、歎《なげ》きながら皆床にはいっていたが、夫人は静かにしていて、可憐なふうに身体《からだ》を横たえたかと見るうちに、起き上がって、大きな衣服のあぶり籠《かご》の下に置かれてあった火入れを手につかんで、良人の後ろに寄り、それを投げかけた。人が見とがめる間も何もないほどの瞬間のことであった。大将はこうした目にあってただあきれていた。細かな灰が目にも鼻にもはいって何もわからなくなっていた。やがて払い捨てたが、部屋じゅうにもうもうと灰が立っていたから大将は衣服も脱いでしまった。正気でこんなことをする夫人であったら、だれも顧みる者はないであろうが、いつもの物怪《もののけ》が夫人を憎ませようとしていることであるから、夫人は気の毒であると女房らも見ていた。皆が大騒ぎをして大将に着がえをさせたりしたが、灰が髪などにもたくさん降りかかって、どこもかしこも灰になった気がするので、きれいな六条院へこのままで行けるわけのものではなかった。大将は爪弾《つまはじ》きがされて、妻に対する憎悪《ぞうお》の念ばかりが心につのった。先刻愛を感じていた気持ちなどは跡かたもなくなったが、現在は荒だてるのに都合のよろしくない時である。

どんな悪い影響が自分の新しい幸福の上に現われてくるかもしれないと、大将は夫人に腹をたてながらも、もう夜中であったが僧などを招いて加持《かじ》をさせたりしていた。

二二　引きさかれる娘（「真木柱」）

玉鬘のところから帰らない夫に見切りをつけ、北の方（正妻）は、実家に戻ろうとする。一緒に連れて帰る子供たちのなかでも、髭黒が特にかわいがっていた娘の真木柱は、父が帰るまで待つと言い張った。しかし、父は夜になっても戻らなかった。

「天気がずいぶん悪くなって来たそうです。早くお出かけになりませんか」

と夫人〔髭黒夫人〕の弟たちは急がせながらも涙をふいて悲しい肉親たちをながめていた。姫君〔真木柱。髭黒の娘〕は大将〔髭黒〕が非常にかわいがっている子であったから、父に逢《あ》わないままで行ってしまうことはできない、今日父とものを言っておかないでは、もう一度そうした機会はないかもしれないと思ってうつぶしになって泣きながら行こうとしないふうであるのを夫人は見て、

「そんな気にあなたのなっていることはお母様を悲しくさせます」

などとなだめていた。そのうち父君は帰るかもしれぬと姫君は思っているのであるが、日が暮れて夜になった時間に、どうして逆にこの家へ大将が帰ろう。姫君は始終自身のよりかかっていた東の座敷の中の柱を、だれかに取られてしまう気のするのも悲しかった。姫君は檜皮色《ひわだ》の紙を重ねて、小さい字で歌を書いたのを、笄《こうがい》の端で柱の破《わ》れ目へ押し込んで置こうと思った。

今はとて宿借れぬとも馴《な》れ来つる真木の柱はわれを忘るな

この歌を書きかけては泣き泣いては書きしていた。夫人は、

（尾形月耕「源氏五十四帖　卅〔一〕真木柱」国立国会図書館蔵）

部屋の外に出ている母親。そして部屋に残る侍女たちに見つめられながら柱に絵を描く少女、真木柱。思い出の詰まった家の柱に泣きながら歌を書きつける彼女の健気さ、それをただ見守る侍女たちの切なさが巧みに描かれている。

「そんなことを」

と言いながら、

馴れきとは思ひ出《い》づとも何により立ちとまるべき真木の柱ぞ

と自身も歌ったのであった。

第二部

二三　大願を成就させた明石入道（「若菜（上）」）

東宮（朱雀院の皇子）のもとに入内した明石中宮が男宮を生んだ。次の皇太子、ゆくゆくは帝位に就く皇子である。それを聞いた明石入道は山籠もりを決意し、娘の明石の君（明石中宮の実母）に手紙を書く。「自らの家から帝を出す」という人生を賭けた大願を実現させた男の、家族に宛てた最後のメッセージであった。

入道〔明石入道〕はいよいよ明石を立つ時に、娘の明石夫人へ手紙を書いた。

この幾年間はあなたと同じ世界にいながらすでに他界で生存するもののような気持ちでたいしたことのない限りはおたよりを聞こうともしませんでした。仮名書きの物を読むのは目に時間がかかり、念仏を怠ることになり、無益《むやく》であるとしたのです。またこちらのたよりもあげませんでしたが、承ると姫君が東宮の後宮へはいられ、そして男宮をお生み申されたそうで、私は深くおよろこびを申し上げる。その理由はみじめな僧の身で今さら名利を思うのではありません。過去の私は恩愛の念から離れることができず、六時の勤行をいたしながらも、仏に願うことはただあなたに関することで、自身の浄土往生の願いは第二にしていましたが、初めから言えば、あなたが生まれてくる年の二月の某日の夜の夢に、こんなことを見たのです。私自身は須弥山《しゅみせん》〔仏教世界の聖なる高山〕を右の手にささげているのです。その山の左右から月と日の光がさしてあたりを照らしています。私には山の陰影《かげ》が落ちて光のさしてくることはないのです。私はその山を広い海の上に浮かべて置いて、自身は小さい船に乗って西のほうをさして行くので終わったのです。その夢のさめた朝から私の心にはある自信ができたのですが、何によってそうした夢に象徴されたような幸福に近づきうるかという見当がつかなかったところ、ちょうどそのころから母の胎に妊《はら》まれたのがあなたです。普通の書物にも仏典にも夢を信じてよいことが多く書かれてありますから、無力な親でいてあなたをたいせつなものにして育てていましたが、そのために物質的に不足なことのないようにと京の生活をやめて地方官の中へはいったのです。ここでまた私の身の上に悪いことが起こり、しまいに土着して出家の人になり、あなたは姫君をお生みになったそのころのことは知っておいでになるとおりです。その時代に私は多くの願を立てていましたが、皆神仏のお容《い》れになることになり、あなたは幸福な人になられました。姫君〔明石の姫君〕が国の母の御位《みくらい》をお占めになった暁には住吉《すみよし》の神をはじめとして仏様への願果たしをなさるようにと申しておきます。私の大願がかなった今では、はるかに西方の十万億の道を隔てた世界の、九階級の中の上の仏の座が得られることも信じられます。今から蓮華《れんげ》をお持ちになる迎えの仏にお逢《あ》いする夕べまでを私は水草の清い山にはいってお勤めをしています。

光いでん暁近くなりにけり今ぞ見しよの夢語りする

そして日づけがある。またあとへ、
私の命の終わる月日もお知りになる必要はありません。人が古い習慣で親のために着る喪服などもあなたはお着けにならないでお置きなさい。人間の私の子ではなく、別な生命《いのち》を受けているものとお思いになって、私のためにはただ人の功徳《くどく》になることをなさればよろしい。この世の愉楽をわが物としておいでになる時にも後世《ごせ》のことを忘れぬようになさい。私の志す世界へ行っておれば必ずまた逢うことができるのです。娑婆《しゃば》のかなたの岸も再会の得られる期の現われてくることを思っておいでなさい。

（中略）

尼君への手紙は細かなことは言わずに、ただ、
この月の十四日に今までの家を離れて深山《みやま》へはいります。つまらぬわが身を熊狼《くまおおかみ》に施します。あなたはなお生きていて幸いの花の美しく咲く日におあいなさい。光明の中の世界でまた逢いましょう。

と書かれただけのものであった。読んだあとで尼君は使いの僧に入道のことを聞いた。
「お手紙をお書きになりましてから三日めに庵《いおり》を結んでおかれました奥山へお移りになったのでございます。私どもはお見送りに山の麓《ふもと》へまで参ったのですが、そこから皆をお帰しになりまして、あちらへは僧を一人と少年を一人だけお供にしてお行きになりました。御出家をなさいました時を悲しみの終わりかと思いましたが、悲しいことはそれで済まなかっ

たのでございます。以前から仏勤めをなさいますひまひまに、お身体《からだ》を楽になさいましてはお弾《ひ》きになりました琴《きん》と琵琶《びわ》を持ってよこさせになりまして、仏前でお暇乞《いとまご》いにお弾きになりましたあとで、楽器を御堂《みどう》へ寄進されました。そのほかのいろいろな物も御堂へ御寄付なさいまして、余りの分をお弟子《でし》の六十幾人、それは親しくお仕えした人数ですが、それへお分けになり、なお残りました分を京の御財産へおつけになりました。いっさいをこんなふうに清算なさいまして深《み》山《やま》の雲霞《くもかすみ》の中に紛れておはいりになりましたあとのわれわれ弟子どもはどんなに悲しんでいるかしれません」

と播磨《はりま》の僧は言った。

これも少年侍として京からついて行った者で、今

写真は、神戸市西区にある山手の館跡（岡之屋形）。第五代明石藩主松平忠国が、明石入道の娘が住んでいた場所のモデルとしてこの場所を考えていたことが分かる。入道の住む浜の館からかなり山側へ入っている。入道は、自らの夢がかなったとみるや、深山に入り、釈迦のように自らの身体を山の動物たちに与えようとしていることを、書簡のなかで語っている。

は老法師で主に取り残された悲哀を顔に見せている。仏の御弟子で堅い信仰を持ちながらこの人さえ主を失った歎《なげ》きから脱しうることができないのであるから、まして尼君の歎きは並み並みのことでなかった。

二四　源氏の妻を垣間見る柏木（「若菜（上）」）

かつての光源氏のライバル頭中将。その長男である柏木は、若くして衛門督（宮中警備の長官）という要職にあったが、公卿ではなかったため、女三の宮を望むも結婚は許されずに終わっていた。彼は、女三の宮が光源氏の妻となっても諦めきれず、光源氏が出家したら結婚を申し込もうと考えていた。

趣のある庭の木立ちのかすんだ中に花の木が多く、若葉の梢《こずえ》はまだ少ない。遊び気分の多いものであって、鞠の上げようのよし悪しを競って、われ劣らじとする人ばかりであったが、本気でもなく出て混じった衛門督《えもんのかみ》〔柏木。もとの頭中将の長男〕の足もとに及ぶ者はなかった。顔がきれいで風采の艶《えん》なこの人は十分身の取りなしに注意して鞠を蹴り出すのであったが、自然にその姿の乱れるのも美しかった。正面の階段《きざはし》の前にあたった桜の木蔭で、だれも花のことなどは忘れて競技に熱中しているのを、院〔光源氏〕も兵部卿の宮〔蛍兵部卿宮。光源氏の弟〕も隅《すみ》の所の欄干によりかかって見ておいでになった。それぞれ特長のある巧みさを見せて勝負はなお進んでいったから、高官たちまでも今日はたしなみを正しくしてはおられぬように、冠の額を少し上へ押し上げたりなどしていた。大将〔夕霧〕も官位の上でいえば軽率なふるまいをすることになるが、目で見た感じはだれよりも若く美しくて、桜の色の直衣《のうし》の少し柔らかに着馴《な》らされたのをつけて、指貫《さしぬき》の裾《すそ》のふくらんだのを少し引き上げた姿は軽々しい形態でなかった。雪のような落花が散りかかるのを見上げて、萎《しお》れた枝を少し手に折った大将は、階段《きざはし》の中ほどへすわって休息をした。衛門督が続いて休みに来ながら、

「桜があまり散り過ぎますよ。桜だけは避けたらいいでしょうね」

などと言って歩いているこの人は姫宮のお座敷を見ぬように見ていると、そこには落着きのない若い女房たちが、あちらこちらの御簾《みす》のきわによって、透き影に見えるのも、端のほうから見えるのも皆その人たちの派手《はで》な色の褄袖口《つまそでぐち》ばかりであった。暮れゆく春への手向けの幣《ぬさ》の袋かと見える。几帳《きちょう》などは横へ引きやられて、締まりなく人のいる気配《けはい》があまりにもよく外へ知れるのである。

支那《しな》産の猫《ねこ》の小さくかわいいのを、少し大きな猫があとから追って来て、にわかに御簾《みす》の下から出ようとする時、猫の勢いに怖《おそ》れて横へ寄り、後ろへ退《の》こうとする女房の衣《きぬ》ずれ

の音がやかましいほど外へ聞こえた。この猫はまだあまり人になつかないのであったのか、長い綱につながれていて、その綱が几帳の裾《すそ》などにもつれるのを、一所懸命に引いて逃げようとするために、御簾の横があらわに斜《はす》に上がったのを、すぐに直そうとする人がない。そこの柱の所にいた女房などもただあわてるだけでおじけ上がっている。几帳より少し奥の所に袿姿《うちぎすがた》で立っている人〔女三の宮〕があった。階段のある正面から一つ西になった間《ま》の東の端であったから、あらわにその人の姿は外から見られた。紅梅襲《がさね》なのか、濃い色と淡《うす》い色をたくさん重ねて着たのがはなやかで、着物の裾は草紙の重なった端のように見えた。桜の色の厚織物の細長らしいものを表着《うわぎ》にしていた。裾まであざやかに黒い髪の毛は糸をよって掛けたようになびいて、その裾のきれいに切りそろえられてあるのが美しい。身丈に七、八寸余った長さである。着物の裾の重なりばかりが量《かさ》高くて、その人は小柄なほっそりとした人らしい。この姿も髪のかかった横顔も非常に上品な美人であった。夕明りで見るのであるからこまごまとした所はわからなくて、後ろにはもう闇《やみ》が続いているようなのが飽き足らず思われた。鞠《まり》に夢中でいる若公達《わかきんだち》が桜の散るのにも頓着《とんちゃく》していぬふうな庭を見ることに身が入って、女房たちはまだ端の上がった御簾に気がつかないらしい。猫のあまりに鳴く声を聞いて、その人の見返った顔に余裕のある気持ちの見える佳人であるのを、衛門督は庭にいて発見したのである。大将は簾《すだれ》が上がって中の見えるのを片腹痛く思ったが、自身が直しに寄って行くのも軽率らしく思われることであったから、注意を与えるために咳払《せき》いをすると、立っていた人は静かに奥へはいった。そうはさせながら大将自身も美しい人の隠れてしまったのは物足らなかったのであるが、そのうち猫の綱は直されて御簾も下《お》りたのを見て、大将は思わず歎息《たんそく》の声を洩《も》らした。ましてその人に見入っていた衛門督の胸は何かでふさがれた気がして、あれはだれであろう、女房姿でない袿であったのによって思うのでなくて、人と混同すべくもない容姿から見当のほぼつく人を、なおだれであろうか確かに知りたく思った。素知らぬ顔を大将は作っていたが、自分の見た人を衛門督の目にも見ぬはずはないと思って、その貴女をお気の毒に思った。何ともしがたい恋しく苦しい心の慰めに、大将は猫を招き

（楊洲周延『The Third Princess and Kashiwagi, from Chapter 34　New Herbs I（Wakana I）』メトロポリタン美術館蔵）
女三の宮に憧れる柏木。（彼女の足もとに描かれる）猫が御簾を巻き上げて、運命的な目撃を果たしてしまう。女の姿がこれほどはっきり見えたはずはないが、柏木の主観に沿った描かれ方なのだろう。右部分いっぱいに描かれる女三の宮。柏木の脳裏に鮮やかに焼き付いて離れない（画面中央、柏木の目は女に釘付けである）。密通の展開は既に呼び起こされている。

寄せて、抱き上げるとこの猫にはよい薫香《たきもの》の香が染《し》んでいて、かわいい声で鳴くのにもなんとなく見た人に似た感じがするというのも多情多感というものであろう。

二五　恋の妄執（「若菜（下）」）

蹴鞠の日に女三の宮を見て以来、柏木はさらなる恋の妄執に取りつかれる。くだんの猫を引き取って可愛がる一方、女三の宮の侍女である小侍従に「会う機会を作れ」としつこく迫っていく。ついにある日、小侍従はその機会を見出してしまう——。

どうだろう、どうだろうと毎日のように衛門督〔柏木〕から責めて来られる小侍従〔女三の宮の侍女〕は困りながらしまいにある隙《すき》のある日を見つけて衛門督へ知らせてやった。衛門督は喜びながら目だたぬふうを作って小侍従を訪《たず》ねて行った。衛門督自身もこの行動の正しくないことは知っているのであるが、物越しの御様子に触れては物思いがいっそうつのるはずの明日までは考えずに、ただほのかに宮〔女三の宮〕のお召し物の褄先《つまさき》の重なりを見るにすぎなかったかつての春の夕べばかりを幻に見る心を慰めるためには、接近して行って自身の胸中をお伝えして、それからは一行の文《ふみ》のお返事を得ることにもなればというほどの考えで、宮が憐《あわ》れんでくださるかもしれぬというはかない希望をいだいている衛門督でしかなかった。これは四月十幾日のことである。明日は賀茂《かも》の斎院の御禊《みそぎ》のある日で、御姉妹《きょうだい》の斎院のために儀装車に乗せてお出しになる十二人の女房があって、その選にあたった若い女房とか、童女とかが、縫い物をしたり、化粧をしたりしている一方では、自身らどうしで明日の見物に出ようとする者もあって、仕度《したく》に大騒ぎをしていて、宮のお居間のほうにいる女房の少ない時で、おそばにいるはずの按察使《あぜち》の君〔女三の宮の侍女〕も時々通って来る源中将〔系図不肖。按察使の君の恋人〕が無理に部屋のほうへ呼び寄せたので、この小侍従だけがお付きしているのであった。よいおりであると思って、静かに小侍従はお帳台の中の東の端へ衛門督の席を作ってやった。これは乱暴な計らいである。宮は何心もなく寝ておいでになったのであるが、男が近づいて来た気配《けはい》をお感じになって、院〔光源氏〕がおいでになったのかとお思いになると、その男はかしこまった様子を見せて、帳台の床の上から宮を下へ抱きおろそうとしたから、夢の中でものに襲われているのかとお思いになって、しいてその者を見ようとあそばすと、それは男であるが院とは違った男であった。これまで聞いたこともおありにならぬような話を、その男はくどくどと語った。宮は気味悪くお思いになって、女房をお呼びになったが、お居間にはだれもいなかったから声を聞きつけて寄って来る者もない。宮はお慄《ふる》い出しになって、水のような冷たい汗もお身体《からだ》に流しておいでになる。失心したようなこの姿が非常に御可憐《かれん》であった。

「私はつまらぬ者ですが、それほどお憎まれするのが至当だとは思われません。昔からもったいない恋を私はいだいておりましたが、結局そのままにしておけば闇《やみ》の中で始末もできたのですが、あなた様をお望み申すことを発言いたしましたために、院のお耳にはいり、その際はもってのほかのことども院は仰せられませんでした。それも私の地位の低さにあなた様を他へお渡しする結果になりました時、私の心に受けました打撃はどんなに大きかったでしょう。もうただ今になってはかいのないことを知っておりまして、こうした行動に出ますことは慎んでいたのですが、どれほどこの失恋の悲しみは私の心に深く食い入っていたのか、年月がたてばたつほど口惜《くちお》しく恨めしい思いがつのっていくばかりで、恐ろしいことも考えるようになりました。またあなた様を思う心もそれとともに深くなるばかりでございました。私はもう感情を抑制することができなくなりまして、こんな恥ずかしい姿であるまじい所へもまいりましたが、一方では非常に思いやりのないことを自責しているのですから、これ以上の無礼はいたしません」

こんな言葉をお聞きになることによって、宮は衛門督《えもんのかみ》であることをお悟りになった。非常に不愉快にお感じにもなったし、怖《おそ》ろしくもまた思召《おぼしめ》されもして少しのお返辞もあそばさない。

「あなた様がこうした冷ややかなお扱いをなさいますのはごもっともですが、しかしこんなことは世間に例のないことではないのでございますよ。あまりに御同情の欠けたふうをお見せになれば、私は情けなさに取り乱してどんなことをするかもしれません。かわいそうだとだけ言ってください。そのお言葉を聞いて私は立ち去ります」

とも、手を変え品を変え宮のお心を動かそうとして説く衛門督であった。想像しただけでは非常な尊厳さが御身を包んでいて、目前で恋の言葉などは申し上げられないもののように思われ、熱情の一端だけをお知らせし、その他の無礼を犯すことなどは思いも寄らぬことにしていた督であったにかかわらず、それほど高貴な女性とも思われない、たぐいもない柔らかさと可憐《かれん》な美しさがすべてであるような方を目に見てからは、衛門督の欲望はおさえられぬものになり、どこへでも宮を盗み出して行って夫婦になり、自分もそれとともに世間を捨てよう、世間から捨てられてもよいと思うようになった。

少し眠ったかと思うと衛門督は夢に自分の愛している猫《ねこ》の鳴いている声を聞いた。それは宮へお返ししようと思ってつれて来ていたのであったことを思い出して、よけいなことをしたものだと思った時に目がさめた。この時にはじめて衛門督は自身の行為を悟ったのである。が宮はあさましい過失をして罪に堕《お》ちたことで悲しみにおぼれておいでになるのを見て、

「こうなりましたことによりましても、前生の縁がどんなに深かったかを悟ってくださいませ。私の犯した罪ですが、私自身も知らぬ力がさせたのです」

不意に猫が端を引き上げた御簾《みす》の中に宮のおいでになった春の夕べのことも衛門督《えもんのかみ》は言

い出した。そんなことがこの悲しい罪に堕《お》ちる因をなしたのかと思召《おぼしめ》すと、宮は御自身の運命を悲しくばかり思召されるのであった。もう六条院にはお目にかかれないことをしてしまった自分であるとお思いになることは、非常に悲しく心細くて、子供らしくお泣きになるのを、もったいなくも憐《あわ》れにも思って、自分の悲しみと同時に恋人の悲しむのを見るのは堪えがたい気のする督であった。夜が明けていきそうなのであるが、帰って行けそうにも男は思われない。

「どうすればよいのでしょう。私を非常にお憎みになっていますから、もうこれきり逢《あ》ってくださらないことも想像されますが、ただ一言を聞かせてくださいませんか」

宮はいろいろとこの男からお言われになるのもうるさく、苦しくて、ものなどは言おうとしてもお口へ出ない。

「何だか気味が悪くさえなりましたよ。こんな間柄というものがあるでしょうか」

男は恨めしいふうである。

「私のお願いすることはだめなのでしょう。私は自殺してもいい気にもとからなっているのですが、やはりあなたに心が残って生きていましたものの、もうこれで今夜限りで死ぬ命になったかと思いますと、多少の悲しみはございますよ。少しでも私を愛してくださるお心ができましたら、これに命を代えるのだと満足して死ねます」

と言って、衛門督は宮をお抱きして帳台を出た。隅《すみ》の室《ま》の屏風《びょうぶ》を引き拡《ひろ》げ蔭《かげ》を作っておいて、妻戸をあけると、渡殿《わたどの》の南の戸がまだ昨夜《ゆうべ》はいった時のままにあいてあるのを見つけ、渡殿の一室へ宮をおおろしした。まだ外は夜明け前のうす闇《やみ》であったが、ほのかにお顔を見ようとする心で、静かに格子をあげた。

「あまりにあなたが冷淡でいらっしゃるために、私の常識というものはすっかりなくされてしまいました。少し落ち着かせてやろうと思召すのでしたら、かわいそうだとだけのお言葉をかけてください」

衛門督が威嚇《いかく》するように言うのを、宮は無礼だとお思いになって、何かとがめる言葉を口から出したく思召したが、ただ慄《ふる》えられるばかりで、どこまでも少女らしいお姿と見えた。

（歌川国貞「花鳥余情吾妻源氏」）
女三の宮の寝所に忍び込み、ついに思いを遂げる柏木。「かわいそうとだけ言って」という言葉とは裏腹に、彼の身体は欲望のまま素早く御簾のなかに侵入し、女体に手を伸ばしている。宮は自身の運命を悲しむよりほかにない。

二六　発覚した恋文（「若菜（下）」）

女三の宮と関係を持った後も、柏木の彼女への執着はやまない。光源氏に嫉妬するあまり、自身の愛を書き連ねては彼女へ手紙を送り続けていた。

衛門督《えもんのかみ》〔柏木〕は院〔光源氏〕が六条のほうへ来ておいでになることを聞くと、だいそれた嫉妬《しっと》を起こして、自己の恋のはげしさをさらに書き送る気になって手紙をよこした。院が暫時《ざんじ》対のほうへ行っておいでになる時で、だれも宮のお居間にいない様子を見て、小侍従〔女三の宮の侍女〕はそれを宮〔女三の宮〕にお見せした。

「いやなものを読めというのね。私はまた気分が悪くなってきているのに」

こう言って、宮はそのまま横におなりになった。

「この端書《はしが》きがあまりに身にしむ文章なんでございますもの」

小侍従は衛門督の手紙を拡《ひろ》げた。ほかの女房たちが近づいて来た気配《けはい》を聞いて、手でお几帳《きちょう》を宮のおそばへ引き寄せて小侍従は去った。宮のお胸がいっそうとどろいている所へ院までも帰っておいでになったために、手紙をよくお隠しになる間がなくて、敷き物の下へはさんでお置きになった。二条の院へ今夜になれば行こうと院はお思いになり、そのことを宮へお言いになるのであった。

「あなたはたいしたことがないようですから、あちらはまだあまりにたよりないようなのを見捨てておくように思われても、今さらかわいそうですから、また見に行ってやろうと思います。中傷する者があっても、あなたは私を信じておいでなさいよ。また忠実な良人《おっと》になる日が必ずありますよ」

これまではこんな時にも、子供めいた冗談《じょうだん》などをお言いになって、朗らかにしている方なのであったが、非常にめいっておしまいになり、院のほうへ顔を向けようともされないのを、内にいだく嫉妬《しっと》の影がさしているとばかり院はお思いになった。昼の座敷でしばらくお寝入りになったかと思うと、蜩《ひぐらし》の啼《な》く声でお目がさめてしまった。

「ではあまり暗くならぬうちに出かけよう」

と言いながら院がお召しかえをしておいでになると、

「『月待ちて』（夕暮れは道たどたどし月待ちて云々《うんぬん》）とも言いますのに」

若々しいふうで宮がこうお言いになるのが憎く思われるはずもない。せめて月が出るころまでもいてほしいとお思いになるのかと心苦しくて、院はそのまま仕度《したく》をおやめになった。

夕露に袖濡《そでぬ》らせとやひぐらしの鳴くを聞きつつ起きて行くらん

幼稚なお心の実感をそのままな歌もおかわいくて、院は膝《ひざ》をおかがめになって、

「苦しい私だ」

と歎息《たんそく》をあそばされた。

待つ里もいかが聞くらんかたがたに心騒がすひぐらしの声
などと躊躇《ちゅうちょ》をあそばしながら、無情だと思われることが心苦しくてなお一泊してお行きになることにあそばされた。さすがにお心は落ち着かずに、物思いの起こる御様子で晩饗《ばんさん》はお取りにならずに菓子だけを召し上がった。

まだ朝涼《あさすず》の間に帰ろうとして院は早くお起きになった。

「昨日の扇をどこかへ失ってしまって、代わりのこれは風がぬるくていけない」

（歌川国貞「源氏後集余情　若菜乃下」国立国会図書館蔵）
妻に宛てられた間男の手紙を読む男の姿を描く源氏絵である。若菜乃下とあるので、当該場面を踏まえて江戸の風俗に描き直したものと思われる。柏木の手紙によって女三の宮の不倫に気づく重い場面であるが、この絵からはさほど深刻さは感じられない。「粋」な江戸人の恋愛遊戯に据え直されているようでもある。

とお言いになりながら、昨日のうたた寝に扇をお置きになった場所へ行ってごらんになったが、立ち止まって目をお配りになると、敷き物のある一所の端が少し縒《よ》れたようになっている下から、薄緑の薄様《うすよう》の紙に書いた手紙の巻いたのがのぞいていた。何心なく引き出して御覧になると、それは男の手で書かれたものであった。紙の匂《にお》いなどの艶《えん》な感じのするもので、骨を折った巧妙な字で書かれてあった。二重ねにこまごまと書いたのをよく御覧になると、それは紛れもない衛門督《えもんのかみ》の手跡であった。

二七　紫の上の死（「御法」）

一度大病を患って以来、紫の上はずっと病気がちであった。だんだんと衰弱していく身体。そして、ついに死期が訪れる。光源氏が見守る中、養母の見舞いに駆け付けた明石中宮を交えて、三人は最期の家族団らんの時を過ごす。

ようやく秋が来て京の中も涼しくなると、紫夫人の病気も少し快くなったようには見えるのであるが、どうかするとまたもとのような容体にかえるのであった。まだ身にしむほどの秋風が吹くのではないが、しめっぽく曇る心をばかり持って夫人は日を送った。中宮《ちゅうぐう》

〔明石の中宮〕は御所へおはいりにならず、もう少しここにおいでになるほうがよいことになるでしょうと女王〔紫の上〕はお言いしたいのであるが、死期を予感しているように賢がって聞こえぬかと恥ずかしく思われもしたし、御所からの御催促の御使《みつか》いのひっきりなしに来ることに御遠慮がされもして、おとどめすることも申さないでいるうちに、夫人がもう東の対へ出て来ることができないために、宮のほうからそちらへ行こうと中宮が仰せられた。

　失礼であると思い心苦しく思いながらも、お目にかからないでいることも悲しくて、西の対へ宮のお居間を設けさせて、夫人はなつかしい宮〔明石の中宮〕をお迎えしたのであった。夫人は非常に痩《や》せてしまったが、かえってこれが上品で、最も艶《えん》な姿になったように思われた。これまであまりにはなやかであった盛りの時は、花などに比べて見られたものであるが、今は限りもない美の域に達して比較するものはもう地上になかった。その人が人生をはかなく、心細く思っている様子は、見るものの心をまでなんとなく悲しいものにさせた。

　風がすごく吹く日の夕方に、前の庭をながめるために、夫人は起きて脇息《きょうそく》によりかかっているのを、おりからおいでになった院〔光源氏〕が御覧になって、

「今日はそんなに起きていられるのですね。宮がおいでになる時にだけ気分が晴れやかになるようですね」

とお言いになった。わずかに小康を得ているだけのことにも喜んでおいでになる院のお気持ちが、夫人には心苦しくて、この命がいよいよ終わった時にはどれほどお悲しみになるであろうと思うと物哀れになって、

おくと見るほどぞはかなきともすれば風に乱るる萩《はぎ》の上露

と言った。そのとおりに折れ返った萩の枝にとどまっているべくもない露にその命を比べたのであったし、時もまた秋風の立っている悲しい夕べであったから、

ややもせば消えを争ふ露の世に後《おく》れ先きだつ程《ほど》へずもがな

とお言いになる院は、涙をお隠しになる余裕もないふうでおありになった。宮は、

秋風にしばし留まらぬ露の世をたれか草葉の上とのみ見ん

とお告げになるのであった。美貌《びぼう》の二女性が最も親しい家族として一堂に会することが快心のことであるにつけても、こうして千年を過ごす方法はないかと院はお思われになるのであったが、命は何の力でもとどめがたいものであるのは悲しい事実である。

「もうあちらへおいでなさいね。私は気分が悪くなってまいりました。病中と申してもあまり失礼ですから」

といって、女王は几帳《きちょう》を引き寄せて横になるのであったが、平生に超《こ》えて心細い様子であるために、どんな気持ちがするのかと不安に思召《おぼしめ》して、宮は手をおとらえになって泣く泣く母君を見ておいでになったが、あの最後の歌の露が消えてゆくように終焉《しゅうえん》の迫ってき

（和田正直模写「源氏物語絵巻（3）」国立国会図書館蔵）
画面左の光源氏、その正面で病躯を脇息にもたれさせている紫の上、そして長押の下にいるのが二人の娘、明石中宮である。三人で和歌を唱和し、それは同時に紫の上の辞世の歌にもなった。悲しみに暮れる光源氏。彼の人生の終焉も時間の問題であることは、この絵の沈鬱な雰囲気からも窺える。なお本絵は十二世紀制作の国宝「源氏物語絵巻」（徳川美術館蔵）を模写したものである。

たことが明らかになったので、誦経《ずきょう》の使いが寺々へ数も知らずつかわされ、院内は騒ぎ立った。以前も一度こんなふうになった夫人が蘇生《そせい》した例のあることによって、物怪《もののけ》のすることかと院はお疑いになって、夜通しさまざまのことを試みさせられたが、かいもなくて翌朝の未明にまったくこと切れてしまった。

二八　出家の準備をする源氏（「まぼろし」）

最愛の紫の上を喪った光源氏は追憶に生きる日々を送っている。一年をかけて来し方を振り返った彼は、いよいよ出家への準備を始めた。その一環として、源氏は紫の上との手紙を焼くことを決意する。

院〔光源氏〕は、もう次の春になれば出家を実現させてよいわけであるとその用意を少しずつ始めようとされるのであったが、物哀れなお気持ちばかりがされた。院内の人々にもそれぞれ等差をつけて物を与えておいでになるのであった。目だつほどに今日までの御生活に区切りをつけるようなことにはしてお見せにならないのであるが、近くお仕えする人たちには、院が出家の実行を期しておいでになることがうかがえて、今年の終わってしまうことを非常に心細くだれも思った。人の目については不都合であるとお思いになった古い恋愛関係の手紙類をなお破るのは惜しい気があそばされたのか、だれのも少しずつ残してお置きになったのを、何かの時にお見つけになり破らせなどして、また改めて始末をしにおかかりになったのであるが、須磨《すま》の幽居時代に方々から送られた手紙などもあるうちに、紫の女王《にょおう》〔紫の上〕のだけは別に一束になっていた。御自身がしてお置きになったのであるが、古い昔のことであったと前の世のことのようにお思われになりながらも、中をあけてお読みになると、今書かれたもののように、夫人の墨の跡が生き生きとしていた。これは永久に形見として見るによいものであると思召《おぼしめ》されたが、こんなものも見てならぬ身の上になろうとするのでないかと、気がおつきになって、親しい女房二、三人をお招きになって、居間の中でお破らせになった。こんな場合でなくても、亡《な》くなった人の手紙を目に見ることは悲しいものであるのに、いっさいの感情を滅却させねばならぬ世界へ踏み入ろうとあそばす前の院のお心に女王の文字がどれほどはげしい悲しみをもたらしたかは御想像申し上げられることである。御気分はくらくなって涙は昔の墨の跡に添って流れるのが、女房たちの手前もきまり悪く恥ずかしくおなりになって、古手紙を少し前方へ押しやって、

死出の山越えにし人を慕ふとて跡を見つつもなほまどふかな

と仰せられた。女房たちも御遠慮がされてくわしく読むことはできないのであったが、端々の文字の少しずつわかっていくだけさえも非常に悲しかった。同じ世にいて、近い所に別れ別れになっている悲しみを、実感のままに書かれてある故人の文章が、その当時以上に今のお心を打つのは道理なことである。こんなにめめしく悲しんで自分は見苦しいとお思いになって、よくもお読みにならないで長く書かれた女王の手紙の横に、

かきつめて見るもかひなし藻塩草《もしほぐさ》同じ雲井の煙とをなれ

とお書きになって、それも皆焼かせておしまいになった。

京都市右京区にある嵯峨清涼寺は、光源氏が建立した「嵯峨の御堂」のモデルとされており、光源氏終焉の地もここであろうと考えられる。境内に光源氏のモデルの一人、源融の墓があることもそのことを証し立てる。本堂は江戸期の再築だが、本尊の釈迦如来像（国宝）は十世紀のもので、「光源氏建立の寺」にふさわしい威風を今に伝えている。

第三部

二九　玉鬘の娘たち（「竹河」）

並みいる求婚者の中で髭黒大将と結ばれることになった玉鬘。髭黒は太政大臣まで上ったものの、息子たちが出世する前にこの世を去った。後見のない息子たちは公卿になれぬまま、玉鬘も物思いにふける日々が続いている。娘は二人いたが、特に姉の大君はまさに今が盛りの美しさ。夕霧の息子の蔵人少将、また今上帝からも求婚を受けているが、玉鬘はかつて自分がその想いに応えられなかった冷泉院のところへ娘を参内させようと考えていた。

三月になって、咲く桜、散る桜が混じって春の気分の高潮に達したころ、閑散な家では退屈さに婦人たちさえ端近く出て、庭の景色《けしき》ばかりがながめまわされるのであった。玉鬘《たまかずら》夫人の姫君たちはちょうど十八、九くらいであって、容貌《ようぼう》にも性質にもとりどりな美しさがあった。姫君のほうは鮮明に気高《けだか》い美貌《びぼう》で、はなやかな感じのする人である。普通の人の妻にはふさわしくないと母君が高く評価しているのももっともに思われるのである。桜の色の細長に、山吹《やまぶき》などという時節に合った色を幾つか下にして重なった裾《すそ》に至るまで、どこからも愛嬌《あいきょう》がこぼれ落ちるように見えた。身のとりなしにも貴女《きじょ》らしい品のよさが添っている。もう一人の姫君はまた薄紅梅の上着にうつりのよいたくさんな黒々とした髪を持っていた。柳の糸のように掛かっているのである。背が高くて、艶《えん》に澄み切った清楚《せいそ》な感じのする聡明《そうめい》らしい顔ではあるが、はなやかな美は全然姉君一人のもののように女房たちも認めていた。碁を打つために姉妹《きょうだい》は今向き合っていた。髪の質のよさ、鬢《びん》の毛の顔への掛かりぐあいなど両姫君とも共通してみごとなものであった。侍従〔玉鬘の息子〕が審査役になって、姫君たちのそばについているのを兄たちがのぞいて、

「侍従はすばらしくなったね。碁の審査役にしていただけるのだからね」

と、大人らしくからかいながら、几帳《きちょう》のすぐそばにすわってしまうと、女房たちは急に居ずまいを直したりした。上の兄の中将が、

「公務で忙しくしているうちに、姫君の愛顧を侍従に独占されてしまったのはつまらないね」

と言うと、次の兄の右中弁が、

「弁官はまた特別に御用が多いから、忠誠ぶりを見ていただけないからといっても、少しは斟酌《しんしゃく》していただかないでは」

と言う。兄たちの言う冗談《じょうだん》に困って碁を打ちさして恥じらっている姫君たちは美しかった。

「御所の中を歩いていても、お父様〔髭黒〕がおいでになったらと思うことが多い」

などと言って、中将は涙ぐんで妹たちを見ていた。もう二十七、八であったから風采《ふうさい》も

りっぱになっていて、妹たちを父の望んでいたようにはなやかな後宮の人として見たく思っているのである。庭の花の木の中でもことに美しい桜の枝を折らせて、姫君たちが、

「この花が一番いいのね」

などと言って楽しんでいるのを見て、中将が、

「あなたがたが子供の時に、この桜の木を私のだ私のだと取り合いをした時に、お父様は姉さんのものだとおきめになって、お母様は小さい人のだとおきめになったから、泣く騒ぎまではしなかったけれど、双方とも不満足な顔をしたことを覚えていますか」

こんなことを言いだして、また、

「この桜が老い木になったことでも、過ぎ去った歳月が数えられて、力になっていただけたどの方にもどの方にも死に別れてしまった不幸な自分のことが思われる」

とも言って、泣きもし、笑いもしながら平生ほど時間のたつのを気にせずに中将は母の家にいた。他家の婿になっていて、こちらへ来て静かに暮らす余裕のある日などを持たないのであるが、今日は花に心が惹《ひ》かれて落ち着いているのである。尚侍〔玉鬘〕はまだこうした人々を子にして持っているほどの年になっているとは見えぬほど今日も若々しくて、盛りの美貌《びぼう》とさえ思われた。冷泉院《れいぜいいん》の帝《みかど》は姫君〔玉鬘の長女〕を御懇望になっているが真実はやはり昔の尚侍《ないしのかみ》を恋しく思われになるのであって、何かによって交渉の起こる機会がないかとお考えになった末、姫君のことを熱心にお申し入れになったのである。院参の問

題はこの子息たちが反対した。

「どうしても見ばえのせぬことをするように思われますよ。現在の勢力のある所へ人が寄って行くのも、自然なことなのですからね。院はごりっぱな御風采《ふうさい》で、あの方の後宮に侍することができれば女として幸福至極だろうとは思いますが、盛りの過ぎた方だと今の御位置からは思われますからね。音楽だって、花だって、鳥だってその時その時に適したものでなければ魅力はありません。東宮〔今上帝第一皇子。匂宮の兄〕はどうですか」

などと中将が言う。

「それはどうかね。初めからりっぱな方が上がっておいでになって、御寵愛《ちょうあい》をもっぱらにしておいでになるのだから、それだけでも資格のない人があとではいって行っては、苦痛なことばかり多いだろうと思うからね。お父様がほんとうにいてくだすったら、この人たちの遠い未来まではわからないとしても、さしあたっては何の引け目もなしにどこへでもお出しになっただろうがね」

と尚侍が言いだしたために、めいった空気に満ちてきたのもぜひないことである。

中将などが立って行ったあとで、姫君たちは打ちさしておいた碁をまた打ちにかかった。昔から争っていた桜の木を賭《か》けにして、

「三度打つ中で、二度勝った人の桜にしましょう」

などと戯れに言い合っていた。

暗くなったので勝負を縁側に近い所へ出てしていた。御簾《みす》を巻き上げて、双方の女房も固唾《かたず》をのんで碁盤の上を見守っている。ちょうどこの時にいつもの蔵人《くろうど》少将〔夕霧の息子。玉鬘の長女に恋をしている〕は侍従の所へ来たのであったが、侍従は兄たちといっしょに外へ出たあとであったから、人気《ひとけ》も少なく静かな邸《やしき》の中を少将は一人で歩いていたが、廊《わたどの》の戸のあいた所が目についていて、静かにそこへ寄って行って、のぞいて見ると、向こうの座敷では姫君たちが碁の勝負をしていた。こんな所を見ることのできたことは、仏の出現される前へ来合わせたと同じほどな幸福感を少将に与えた。夕明りも霞《かす》んだ日のこと

（狩野派『源氏物語図　竹河』大分市歴史資料館蔵）
庭で満開に咲く桜の木を賭けて、母屋で囲碁を打つ仲の良い姉妹。その姉妹を別の部屋（男友達の部屋）から覗いている男が蔵人少将。別れが近づいていることを感じ、せめて今を存分に楽しもうとする姉妹と、恋い慕う女（右の赤い服の女性）を食い入るように見つめる男。風雅な春の名場面が見事に一幅の絵になっている。

でさやかには物を見せないのであるが、つくづくとながめているうちに、桜の色を着たほうの人が恋しい姫君であることも見分けることができた。「散りなんのちの」という歌のように、のちの形見にも面影をしたいほど麗艶《れいえん》な顔であった。いよいよこの人をほかへやることが苦しく少将に思われた。若い女房たちの打ち解けた姿なども夕明りに皆美しく見えた。碁は右が勝った。

「高麗《こま》の乱声《らんじょう》（競馬の時に右が勝てば奏される楽）がなぜ始まらないの」

と得意になって言う女房もある。

「右がひいきで西のお座敷のほうに寄っていた花を、今まで左方に貸してお置きあそばしたきまりがつきましたのですね」

などと愉快そうに右方の者ははやしたてる。少将には何があるのかもよくわからないのであるが、その中へ混じっていっしょに遊びたい気のするものの、だれも見ないと信じている人たちの所へ出て行くことは無作法であろうと思ってそのまま帰った。

もう一度だけああした機会にあえないであろうかと、少将はそののちも恋人の邸をうかがい歩いた。

三十　宇治を訪れる薫（「橋姫」）

舞台は宇治に移る。政争に敗れた八の宮（光源氏の弟）は宇治でひっそりと二人の娘の養育と仏道修行に日々を送っている。その宮の話を聞きつけた薫（光源氏と女三の宮の子だが、実は女三の宮と柏木の密通で生まれた罪の子）は仏道を志す仲間として心を惹かれ、何度となく宇治を訪れて親交を深めるようになった。

秋の末であったが、四季に分けて宮〔宇治八の宮。光源氏の弟〕があそばす念仏の催しも、この時節は河《かわ》に近い山荘では網代《あじろ》に当たる波の音も騒がしくやかましいからとお言いになって、阿闍梨《あじゃり》の寺へおいでになり、念仏のため御堂《みどう》に七日間おこもりになることになった。姫君たちは平生よりもなお寂しく山荘で暮らさねばならなかった。ちょうどそのころ薫《かおる》中将は、長く宇治へ伺わないことを思って、その晩の有明月《ありあけづき》の上り出した時刻から微行《しのび》で、従者たちをも簡単な人数にして八の宮をお訪ねしようとした。河の北の岸に山荘はあったから船などは要しないのである。薫は馬で来たのだった。宇治へ近くなるにしたがい霧が濃く道をふさいで行く手も見えない林の中を分けて行くと、荒々しい風が立ち、ほろほろと散りかかる木の葉の露がつめたかった。ひどく薫は濡《ぬ》れてしまった。こうした山里の夜の路《みち》などを歩くことをあまり経験せぬ人であったから、身にしむようにも思い、またおもしろいように思われた。

山おろしに堪へぬ木の葉の露よりもあやなく脆《もろ》きわが涙かな

村の者を驚かせないために随身に人払いの声も立てさせないのである。左右が柴垣《しばがき》になっている小路《こみち》を通り、浅い流れも踏み越えて行く馬の足音なども忍ばせているのであるが、薫の身についた芳香を風が吹き散らすために、覚えもない香を寝ざめの窓の内に嗅《か》いで驚く人々もあった。

宮の山荘にもう間もない所まで来ると、何の楽器の音とも聞き分けられぬほどの音楽の声がかすかにすごく聞こえてきた。山荘の姉妹《きょうだい》の女王《にょおう》はよく何かを合奏しているという話は聞いたが、機会もなくて、宮の有名な琴の御音も自分はまだお聞きすることができないのである、ちょうどよい時であると思って山荘の門をはいって行くと、その声は琵琶《びわ》であった。所がらでそう思われるのか、平凡な楽音とは聞かれなかった。搔《か》き返す音もきれいでおもしろかった。十三絃《げん》の艶《えん》な音も絶え絶えに混じって聞こえる。しばらくこのまま聞いていたく薫は思うのであったが、音はたてずにいても、薫のにおいに驚いて宿直《とのい》の侍風の武骨らしい男などが外へ出て来た。こうこうで宮が寺へこもっておいでになるとその男は言って、

「すぐお寺へおしらせ申し上げましょう」

とも言うのだった。

「その必要はない。日数をきめて行っておられる時に、おじゃまをするのはいけないからね。こんなにも途中で濡《ぬ》れて来て、またこのまま帰らねばならぬ私に御同情をしてくださるように姫君がたへお願いして、なんとか仰せがあれば、それだけで私は満足だよ」

と薫が言うと、醜い顔に笑《えみ》を見せて、

「さように申し上げましょう」

と言って、あちらへ行こうとするのを、

「ちょっと」

と、もう一度薫はそばへ呼んで、

「長い間、人の話にだけ聞いていて、ぜひ伺わせていただきたいと願っていた姫君がたの御合奏が始まっているのだから、こんないい機会はない、しばらく物蔭《ものかげ》に隠れてお聞きしていたいと思うが、そんな場所はあるだろうか。ずうずうしくこのままお座敷のそばへ行っては皆やめておしまいになるだろうから」

と言う薫の美しい風采《ふうさい》はこうした男をさえ感動させた。

「だれも聞く人のおいでにならない時にはいつもこんなふうにしてお二方で弾《ひ》いておいでになるのでございますが、下人《げにん》でも京のほうからまいった者のございます時は少しの音もおさせになりません。宮様は姫君がたのおいでになることをお隠しになる思召《おぼしめ》しでそうさせておいでになるらしゅうございます」

丁寧な恰好《かっこう》でこう言うと、薫は笑って、

「それはむだなお骨折りと申すべきだ。そんなにお隠しになっても人は皆知っていて、りっぱな姫君の例にお引きするのだからね」

と言ってから、

「案内を頼む。私は好色漢では決してないから安心するがよい。そうしてお二人で音楽を楽しんでおいでになるところがただ拝見したくてならぬだけなのだよ」

親しげに頼むと、

「それはとてもたいへんなことでございます。あとになりまして私がどんなに悪く言われることかしれません」

と言いながらも、その座敷とこちらの庭の間に透垣《すいがき》がしてあることを言って、そこの垣へ寄って見ることを教えた。薫の供に来た人たちは西の廊《わたどの》の一室へ皆通してこの侍が接待をするのだった。

月が美しい程度に霧をきている空をながめるために、簾《すだれ》を短く巻き上げて人々はいた。薄着で寒そうな姿をした童女が一人と、それと同じような恰好《かっこう》をした女房とが見える。座敷の中の一人は柱を少し楯《たて》のようにしてすわっているが、琵琶を前へ置き、撥《ばち》を手でもてあそんでいた。この人は雲間から出てにわかに明るい月の光のさし込んで来た時に、

「扇でなくて、これでも月は招いてもいいのですね」

と言って空をのぞいた顔は、非常に可憐《かれん》で美しいものらしかった。横になっていたほうの人は、上半身を琴の上へ傾けて、

「入り日を呼ぶ撥はあっても、月をそれでお招きになろうなどとは、だれも思わないお考えですわね」

と言って笑った。この人のほうに貴女《きじょ》らしい美は多いようであった。

「でも、これだって月には縁があるのですもの」

こんな冗談《じょうだん》を言い合っている二人の姫君は、薫がほかで想像していたのとは違って非常に感じのよい柔らかみの多い麗人であった。女房などの愛読している昔の小説には必ずこうした佳人のことが出てくるのを、いつも不自然な作り事であると反感を持ったものであ

(宇治源氏物語ミュージアム展示)
八の宮は不在であった。だが、聞こえてくる楽器の音色に薫は山荘へ近づいていく。姉妹が楽器の演奏をしていたのだ。薫は激しく動揺する。美貌の姉妹たちの姿は、深い印象を残したのだった。

るが、事実として意外な所に意外なすぐれた女性の存在することを知ったと思うのであった。

若い人は動揺せずにあられようはずもない。霧が深いために女王たちの顔を細かに見ることができないのを、もう一度また雲間を破って月が出てくれればいいと薫の願っているうちに、座敷の奥のほうから来客のあることを報じた者があったのか、御簾《みす》をおろして、縁側に出ていた人たちも中へはいってしまった。あわてたふうなどは見せずに、静かに奥へ皆が引っこんだ気配《けはい》には聞こえてこようはずの衣擦《きぬず》れの音も、新しい絹の気《け》がないのか添わないで寂しいが優雅で薫の心に深い印象を残した。

三一　出生の秘密（「橋姫」）

八の宮の娘たちの美貌に心を奪われながらも、薫はその想いを表出させることなく八の宮と交際を続けた。そんな中、八の宮に仕える老女に会う。どうやらこの老女は薫の出生の秘密を知っているようであった。

明け方のお勤めを仏前で宮〔八の宮〕のあそばされる間に、薫は先夜の老女に面会を求めた。これは姫君方のお世話役を宮がおさせておいでになる女で、弁の君という名であった。年は六十に少し足らぬほどであるが、優雅なふうのある女で、品よく昔の話をしだした。柏木《かしわぎ》が日夜煩悶《はんもん》を続けた果てに病を得て、死に至ったことを言って非常に弁は泣いた。他人であっても同情の念の禁じられないことであろうと思われる昔話を、まして長年月の間、真実のことが知りたくて、自分が生まれてくるに至った初めを、仏を念じる時にも、まずこの真実を明らかに知らせたまえと祈った効験でか、こうして夢のように、偶然のめぐり合わせで肉身のことが聞かれたと思っている薫には涙がとめどもなく流れるのであった。

「それにしてもその昔の秘密を知っている人が残っておいでになって、驚くべく恥ずかしい話を私に聞かせてくださるのですが、ほかにもまだこのことを知っている人があるでしょうか。今日まで私はその秘密の片端すらも聞くことがありませんでしたが」

と薫は言った。

「小侍従〔女三の宮の侍女〕と私のほかは決して知っている者はございません。また一言でも私から他人に話したこともございません。こんなつまらぬ女でございますが、夜昼おそばにお付きしていたものですから、殿様の御様子に腑《ふ》に落ちぬところがありまして、私が真実のことをお悟りすることになりましてからは、お苦しみのお心に余りますような時々には、私から小侍従へ、小侍従から私と言うことにしまして、たまさかのお手紙をお取りかわしになりました。失礼になってはなりませんからくわしいことは申し上げません。殿様の御容体が危篤になりましてから、私へほんの少しの御遺言があったのでございますが、私風情《ふぜい》ではどうしてそれをあなた様にお伝え申し上げてよろしいか方法もつきませんで、仏に念誦《ねんず》をいたします時にも、そのことを心に持っておりましたために、あなた様にこのお話ができることになりまして、仏様の存在もまた明らかになりました。お目にかける物もあるのでございます。お渡しいたすことができません以上はもう焼いてしまおうかとも存じました。危うい命の老人が持っていまして、歿後《ぼつご》に落ち散ることになってはならぬと気がかりにいたしながら、この宮へ時々あなた様が御訪問においでになることがあるようになりましてからは、これはよい機会が与えられるかもしれぬと頼もしくなりまして、今日《きょう》のようなおりの早く現われてまいりますようにと、念じておりました力はえらいものでございますね。人間がなしえたこととこれは思われません」

弁は泣く泣く薫の生まれた時のこともよく覚えていて話して聞かせた。

「大納言様〔柏木〕がお亡《かく》れになりました悲しみで私の母も病気になりまして、その後しばらくして亡《な》くなりましたものですから、二つの喪服を重ねて着ねばならぬ私だったのでございます。そのうち長く私のことをかれこれと思っていた者がございまして、だましてつれ出されました果ては西海の端までもつれて行きましてね、京のことはいっさいわからない境遇に置かれていますうちに、その人もそこで亡くなりましてから、十年めほどの、違った世界の気がいたしますような京へ上ってまいったのでございますが、こちらの宮様は私の父方の縁故で童女時代に上がっていたことがあるものですから、もうはなやかな所へお勤めもできない姿になっておりますし私は、冷泉院《れいぜいいん》の女御《にょご》様などの所へ、大納言様の続きでまいってもよろしかったのでございますが、それも恥ずかしくてできませんで、こうして山の中の朽ち木になっております。小侍従はいつごろ亡くなったのでございましょう。若盛りの人として記憶にございます人があらかた故人になっております世の中に、寂しい思いをいたしながら、さすがにまだ死なれずに私はおりました」

弁が長話をしている間に、この前のように夜が明けはなれてしまった。

「この昔話はいくら聞いても聞きたりないほど聞いていたく思うことですが、だれも聞かない所でまたよく話し合いましょう。侍従といった人は、ほのかな記憶によると、私の五、六歳の時ににわかに胸を苦しがりだして死んだと聞いたようですよ。あなたに逢うことができなかったら、私は肉親を肉親とも知らない罪の深い人間で一生を終わることでした」

などと薫は言った。小さく巻き合わせた手紙の反古《ほご》の黴《かび》臭いのを袋に縫い入れたものを弁は薫に渡した。

「あなた様のお手で御処分くださいませ。もう自分は生きられなくなったと大納言様は仰せになりまして、このお手紙を集めて私へくださいましたから、私は小侍従に逢いました節に、そちら様へ届きますように、確かに手渡しをいたそうと思っておりましたのに、そのまま小侍従に逢われないでしまいましたことも、私情だけでなく、大納言のお心の通らなかったことになりますことで私は悲しんでおりました」

宇治神社は八の宮の宇治の別荘があった場所の一つと考えられてきた。あるいは、その奥の宇治上神社をモデルと考える人もいる。右の物語は、薫が出生の秘密を老婆から聞くという場面である。第二部の柏木と女三の宮との密通が、第三部・宇治十帖の主人公の一人薫へとつながっていることを示している。

弁はこう言うのであった。薫はなにげなくその包を袖《そで》の中へしまった。こうした老人は問わず語りに、不思議な事件として自分の出生の初めを人にもらすことはなかったであろうかと、薫は苦しい気持ちも覚えるのであったが、かえすがえす秘密を厳守したことを言っているのであるから、それが真実であるかもしれぬと慰められないでもなかった。

三二　八の宮の死と残された娘たち（「総角」）

八の宮が亡くなり、後ろ盾をなくした娘姉妹を薫はねんごろに労わる。たびたび弔問に訪れては経済的な援助もしていく。その中で薫は姉の大君に心惹かれていく。大君は薫の人となりは素晴らしいと思いながら、盛りを過ぎた自分ではなく妹の中の君と結婚させたいと願っていた。

荒い風が吹き出して簡単な蔀戸《しとみど》などはひしひしと折れそうな音をたてているのに紛れて人が忍び寄る音などは姫君〔宇治大君〕の気づくところとなるまいと女房らは思い、静かに薫を導いて行った。二人の女王の同じ帳台に寝ている点を不安に思ったのであるが、これが毎夜の習慣であったから、今夜だけを別室に一人一人でとは初めから姫君に言いかねたのである。二人のどちらがどれとは薫にわかっているはずであるからと弁は思っていた。

物思いに眠りえない姫君はこのかすかな足音の聞こえて来た時、静かに起きて帳台を出た。それは非常に迅速に行なわれたことであった。無心によく眠入《ね》っていた中の君を思うと、胸が鳴って、なんという残酷なことをしようとする自分であろう、起こしていっしょに隠れようかともいったんは躊躇《ちゅうちょ》したが、思いながらもそれは実行できずに、慄《ふる》えながら帳台のほうを見ると、ほのかに灯《ひ》の光を浴びながら、袿《うちぎ》姿で、さも来馴《な》れた所だというようにして、帳《とばり》の垂《た》れ布を引き上げて薫ははいって行った。非常に妹がかわいそうで、さめて妹はどんな気がすることであろうと悲しみながら、ちょっと壁の面に添って屏風《びょうぶ》の立てられてあった後ろへ姫君ははいってしまった。ただ抽象的な話として言ってみた時でさえ、自分の考え方を恨めしいふうに言った人であるから、ましてこんなことを謀《はか》った自分はうとましい姉だと思われ、憎くさえ思われることであろうと、思い続けるにつけても、だれも頼みになる身内の者を持たない不幸が、この悲しみをさせるのであろうと思われ、あの最後に山の御寺《みてら》へおいでになった時、父宮〔八の宮〕をお見送りしたのが今のように思われて、堪えられぬまで父君を恋しく思う姫君であった。

薫は帳台の中に寝ていたのは一人であったことを知って、これは弁の計っておいたことと見てうれしく、心はときめいてくるのであったが、そのうちその人でないことがわかった。よく似てはいたが、美しく可憐《かれん》な点はこの人がまさっているかと見えた。驚いている顔を見て、この人は何も知らずにいたのであろうと思われるのが哀れであったし、また思ってみれば隠れてしまった恋人も情けなく恨めしかったから、これもまた他の人に渡しがたい愛着は覚えながらも、やはり最初の恋をもり立ててゆく障害になることは行ないたくない。そのようにたやすく相手の変えられる恋であったかとあの人に思われたくない、この人のことはそうなるべき宿命であれば、またその時というものがあろう、その時になれば自分も初めの恋人と違った人とこの人を思わず同じだけに愛することができようという分別のできた薫は、例のように美しくなつかしい話ぶりで、ただ可憐な人と相手を見るだけで語り明かした。

老いた女房はただの話し声だけのする帳台の様子に失敗したことを思い、また一人はすっと出て行ったらしい音も聞いたので、中の君はどこへおいでになったのであろうか、わけのわからぬことであるといろいろな想像をしていた。

「でも何か思いも寄らぬことがあるのでしょうね」

とも言っていた。

「私たちがお顔を拝見すると、こちらの顔の皺《しわ》までも伸び、若がえりさえできると思うようなりっぱな御風采《ふうさい》の中納言様をなぜお避けになるのでしょう。私の思うのには、これは世間でいう魔が姫君に憑《つ》いているのですよ」

歯の落ちこぼれた女が無愛嬌《ぶあいきょう》な表情でこう言いもする。

「魔ですって、まあいやな、そんなものにどうして憑かれておいでになるものですか。ただあまりに人間離れのした環境に置かれておいでになりましたから、夫婦の道というようなことも上手《じょうず》に説明してあげる人もないし、殿方が近づいておいでになるとむしょうに恐ろしくおなりになるのですよ。そのうち馴《な》れておしまいになれば、お愛しになることもできますよ」

こんなことを言う者もあってしまいには皆いい気になり、どうか都合よくいけばいいと

写真は源氏物語ミュージアムに展示されている几帳である。こうしたもので部屋を仕切って使用したのである。これに対して張台は、貴人の寝台を仕切ったもので、四角形になっている場合が多い。当時は、女性の寝所に女房らが手引きして、男を連れて行くということもあったようだ。

言い言いだれも寝入ってしまった。鼾《いびき》までもかきだした不行儀な女もあった。恋人のために秋の夜さえも早く明ける気がしたと故人の歌ったような間柄になっている女性といたわけではないが、夜はあっけなく明けた気がして、薫《かおる》は女王《にょおう》のいずれもが劣らぬ妍麗《けんれい》さの備わったその一人と平淡な話ばかりしたままで別れて行くのを飽き足らぬここちもしたのであった。

「あなたも私を愛してください。冷酷な女王〔大君〕さんをお見習いになってはいけませんよ」

など、またまた機会のあろうことを暗示して出て行った。自分のことでありながら限りない淡泊な行動をとったと、夢のような気も薫はするのであるが、それでもなお無情な人の真の心持ちをもう一度見きわめた上で、次の問題に移るべきであると、不満足な心をなだめながら帰って来た例の客室で横たわっていた。

三三　薫と匂宮（「総角」）

大君が自分と中の君を結婚させたいのだと悟った薫は、友人である匂宮（明石中宮と今上帝の三男。光源氏の孫）と中の君を結婚させようと考える。宇治姉妹の魅力を匂宮に吹き込んだ薫は宇治に連れ出した。

兵部卿の宮（匂宮）は薫がお教えしたとおりに、あの夜の戸口によって扇をお鳴らしになると、弁が来て導いた。今一人の女王のほうへこうして薫を導き馴《な》れた女であろうと宮はおもしろくお思いになりながら、ついておいでになり、寝室へおはいりになったのも知らずに、大姫君は上手《じょうず》に中の君のほうへ薫を行かせようということを考えていた。おかしくも思い、また気の毒にも思われて、事実を知らせずにおいていつまでも恨まれるのは苦しいことであろうと薫は告白をすることにした。

「兵部卿の宮様がいっしょに来たいとお望みになりましたから、お断わりをしかねて御同伴申し上げたのですが、物音もおさせにならずどこかへおはいりになりました。この賢ぶった男を上手におだましになったのかもしれません。どちらつかずの哀れな見苦しい私になるでしょう」

聞く姫君はまったく意外なことであったから、ものもわからなくなるほどに残念な気がして、この人が憎く、

「いろいろ奇怪なことをあそばすあなたとは存じ上げずに、私どもは幼稚な心であなたを御信用申していましたのが、あなたには滑稽《こっけい》に見えて侮辱をお与えになったのでございますね」

総角《あげまき》の女王〔大君〕は極度に口惜《くちお》しがっていた。

「もう時があるべきことをあらせたのです。私がどんなに道理を申し上げても足りなくお思いになるのでしたなら、私を打擲《ちょうちゃく》でも何でもしてください。あの女王様の心は私よりも高い身分の方にあったのです。それに宿命というものがあって、それは人間の力で左右できませんから、あの女王さんには私をお愛しくださることがなかったのです。その御様子が見えてお気の毒でしたし、愛されえない自分が恥ずかしくて、あの方のお心から退却するほかはなかったのです。もうしかたがないとあきらめてくだすって私の妻になってくださればいいではありませんか。どんなに堅く襖子は閉《し》めてお置きになりましても、あなたと私の間柄を精神的の交際以上に進んでいなかったとはだれも想像いたしますまい。御案内して差し上げた方のお心にも、私がこうして苦しい悶《もだ》えをしながら夜を明かすとはおわかりになっていますまい」

と言う薫は襖子をさえ破りかねぬ興奮を見せているのであったから、うとましくは思いながら、言いなだめようと姫君はして、なお話の相手はし続けた。

「あなたがお言いになります宿命というものは目に見えないものですから、私どもにはただ事実に対して涙ばかりが胸をふさぐのを感じます。何というなされ方だろうとあさましいのでございます。こんなことが言い伝えに残りましたら、昔の荒唐無稽《こうとうむけい》な、誇張の多い小説の筋と同じように思われることでしょう。どうしてそんなことをお考え出しになったのかとばかり思われまして、私たち姉妹《きょうだい》への御好意とはそれがどうして考えられましょう。こんなにいろいろにして私をお苦しめにならないでくださいまし。惜しくございません命でも、もしもまだ続いていくようでしたら、私もまた落ち着いてお話のできることがあろうと思います。ただ今のことを伺いましたら、急に真暗《まっくら》な気持ちになりまして、身体《からだ》も苦しくてなりません。私はここで休みますからお許しくださいませ」

絶望的な力のない声ではあるが、理窟《りくつ》を立てて言われたのが、薫には気恥ずかしく思われ、またその人が可憐《かれん》にも思われて、

「あなた、私のお愛しする方、どんなにもあなたの御意志に従いたいというのが私の願いなのですから、こんなにまで一徹なところもお目にかけたのです。言いようもなく憎いうとましい人間と私を見ていらっしゃるのですから、申すことも何も申されません。いよいよ私は人生の外へ踏み出さなければならぬ気がします」

と言って薫は歎息《たんそく》をもらしたが、また、

「ではこの隔てを置いたままで話させていただきましょう。まったく顧みをなさらないようなことはしないでください」

こうも言いながら袖《そで》から手を離した。姫君は身を後ろへ引いたが、あちらへ行ってもしまわないのを哀れに思う薫であった。

「こうしてお隣にいることだけを慰めに思って今夜は明かしましょう。決して決してこれ以上のことを求めません」

と言い、襖子を中にしてこちらの室《へや》で眠ろうとしたが、ここは川の音のはげしい山荘である、目を閉じてもすぐにさめる。夜の風の声も強い。

宇治神社とともに、八の宮の宇治山荘のモデルとされる宇治上神社。この山荘で四人の男女が一夜を送ることになった。匂宮を中の君の部屋に案内させると、薫は大君の部屋に行く。しかし、薫と中の君を結婚させたかった大君は衝撃を受け、薫の求めを拒む。結局、実事のないまま夜が明けた。それと対照的に匂宮は、中の君と契りをかわした。

峰を隔てた山鳥の妹背《いもせ》のような気がして苦しかった。いつものように夜が白《しら》み始めると御《み》寺《てら》の鐘が山から聞こえてきた。兵部卿《ひょうぶきょう》の宮を気にして咳《せき》払いを薫《かおる》は作った。実際妙な役をすることになったものである。

「しるべせしわれやかへりて惑ふべき心もゆかぬ明けぐれの道

こんな例が世間にもあるでしょうか」

と薫が言うと、

かたがたにくらす心を思ひやれ人やりならぬ道にまどはば

ほのかに姫君の答える歌も、よく聞き取れぬもどかしさと飽き足りなさに、

「たいへんに遠いではありませんか。あまりに御同情のないあなたですね」

恨みを告げているころ、ほのぼのと夜の明けるのにうながされて兵部卿の宮は昨夜《ゆうべ》の戸口から外へおいでになった。柔らかなその御動作に従って立つ香はことさら用意して燻《た》きしめておいでになった匂宮らしかった。

三四　匂宮と中の君、二人を隔てるもの（「総角」）

中の君と結婚したものの、母中宮の愛情の深かった匂宮はなかなか宇治へ行くことがで

きない。新妻が宇治で自分を待っているだろうと思いながら、京で日を送る匂宮である。

はげしく時雨《しぐれ》が降って御所へまいる者も少ない日、兵部卿の宮は姉君の女一《にょいち》の宮《みや》の御殿へおいでになった。お居間に侍している女房の数も多くなくて、姫君は今静かに絵などを御覧になっているところであった。几帳《きちょう》だけを隔てにしてお二方はお話しになった。限りもない気品のある貴女《きじょ》らしさとともに、なよなよとした柔らかさを備えたもうた姫宮を、この世にこれ以上の高華な美を持つ女性はなかろうと、昔から兵部卿の宮は思っておいでになって、これに近い人というのは冷泉院《れいぜいいん》の内親王だけであろうと信じておいでになり、世間から受けておいでになる尊敬の度も、御容姿も、御聡明《そうめい》さも人のお噂する言葉から想像されて、宮の覚えておいでになる院の宮への恋を、なんらお通じになる機会というものがなく、しかも忘れる時なく心に持っておいでになる兵部卿の宮なのであるが、あの宇治の山里の人の可憐《かれん》で高い気品の備わったところなどは、これらの最高の貴女に比べても劣らないであろうと、姉君のお姿からも中の君が聯想《れんそう》されて、恋しくてならず思召す心の慰めに、そこに置かれてあったたくさんな絵を見ておいでになると、美しい彩色絵の中に、恋する男の住居《すまい》などを描いたのがあって、いろいろな姿の山里の風景も添っていた。恋人の宇治の山荘の景色《けしき》に似たものへお目がとまって、姫君の御了解を得てこの絵は中の君へ送ってやりたいと宮はお思いになった。伊勢《いせ》物語を描いた絵もあって、妹に琴を教えていて、「うら若みねよげに見ゆる若草を人の結ばんことをしぞ思ふ」と業平《なりひら》が言っている絵をどんなふうに御覧になるかと、お心を引く気におなりになり、少し近くへお寄りになって、「昔の人も同胞《きょうだい》は隔てなく暮らしたものですよ。あなたは物足らないお扱いばかりをなさいますが」

とお言いになったのを、姫宮はどんな絵のことかと思召すふうであったから、兵部卿の宮はそれを巻いて几帳《きちょう》の下から中へお押しやりになった。下向きになってその絵を御覧になる一品《いっぽん》の宮《みや》のお髪《ぐし》が、なびいて外へもこぼれ出た片端に面影を想像して、この美しい人が兄弟でなかったならという心持ちに匂宮《におうみや》はなっておいでになった。おさえがたいそうした気分から、

若草のねみんものとは思はねど結ぼほれたるここちこそすれ

こんなことを申された。姫宮に侍している女房たちは匂宮の前へ出るのをことに恥じて皆何かの後ろへはいって隠れているのである。ことにもよるではないか、不快なことを言うものであると思召す姫宮は、何もお言いにならないのであった。この理由から「うらなく物の思はるるかな」と答えた妹の姫も蓮葉《はすは》な気があそばされて好感をお持ちになることができなかった。六条院の紫夫人が宮たちの中で特にこのお二人を手もとでおいつくしみしたのであったから、最も親しいものにして双方で愛しておいでになった。姫宮を中宮は非常にお大事にあそばして、よきが上にもよくおかしずきになるならわしから、侍女など

も精選して付けておありになった。少しの欠点でもある女房は恥ずかしくてお仕えができにくいのである。貴族の令嬢が多く女房になっていた。移りやすい心の兵部卿《ひょうぶきょう》の宮は、そうした中に物新しい感じのされる人を情人にお持ちになりなどして、宇治の人〔中の君〕をお忘れになるのではないながらも、逢《あ》いに行こうとはされずに日がたった。

（勝川春章「風流錦絵伊勢物語「わ」」大英博物館蔵）

手持ち無沙汰な匂宮は姉、女一の宮の御殿へ赴く。姉は『伊勢物語』の絵を見ているところであった。心惹かれた匂宮は、昔男が妹に「ねよげに見ゆる」と詠んだ場面（第四九段）を見せる。近親相姦を匂わす場面の絵に女一の宮は不快感を覚えるが、匂宮にとっては新妻のところに行けない憂さ晴らしだった。本絵は江戸期の浮世絵だが、『伊勢物語』絵も平安期から制作されていたことが分かる。

三五　大君の死（「総角」）

なかなか妹のもとに来ない新郎（匂宮）を目の当たりにし、大君は男の頼りなさを痛感する。生きていれば自分もこんな目に遭うのだと思い、また妹を見ると不憫でならず、食事ものどを通らなくなる。大君は緩慢な自殺をするかのように、自らで自らの体調を悪化させていくのだった。

「どんな御気分ですか、私が精神を集中して快くおなりになるのを祈っているのに、その効《かい》がなくて、もう声すら聞かせていただけなくなったのは悲しいことじゃありませんか。私をあとに残して行ってしまいになったらどんなに恨めしいでしょう」

泣く泣くこう言った。もう意識もおぼろになったようでありながら女王〔大君〕は薫のけはいを知って袖《そで》で顔をよく隠していた。

「少しでもよろしい間があれば、あなたにお話し申したいこともあるのですが、何をしようとしても消えていくようにばかりなさるのは悲しゅうございます」

薫を深く憐《あわ》れむふうのあるのを知って、いよいよ男の涙はとめどなく流れるのであるが、周囲で頼み少なく思っているとは知らせたくないと思って慎もうとしても、泣く声の立つのをどうしようもなかった。自分とはどんな宿命で、心の限り愛していながら、恨めしい思いを多く味わわせられるだけでこの人と別れねばならぬのであろう、少し悪い感じでも与えられれば、それによってせめても失う者の苦しみをなだめることになるであろう、と思って見つめる薫であったが、いよいよ可憐《かれん》で、美しい点ばかりが見いだされる。腕《かいな》なども細く細く細くなって影のようにはかなくは見えながらも色合いが変わらず、白く美しくなよなよとして、白い服の柔らかなのを身につけ夜着は少し下へ押しやってある。それはちょうど中に胴というもののない雛《ひな》人形を寝かせたようなのである。髪は多すぎるとは思われぬほどの量《かさ》で床の上にあった。枕《まくら》から下がったあたりがつやつやと美しいのを見ても、この人がどうなってしまうのであろう、助かりそうも見えぬではないかと限りなく惜しまれた。長く病臥《びょうが》していて何のつくろいもしていない人が、盛装して気どった美人というもののよりはるかにすぐれていて、見ているうちに魂も、この人と合致するために自分を離れて行くように思われた。

「あなたがいよいよ私を捨ててお行きになることになったら、私も生きていませんよ。けれど、人の命は思うようになるものでなく、生きていねばならぬことになりましたら、私は深い山へはいってしまおうと思います。ただその際にお妹様を心細い状態であとへお残しするだけが苦痛に思われます」

中納言〔薫〕は少しでもものを言わせたいために、病者が最も関心を持つはずの人のことを言ってみると、姫君〔大君〕は顔を隠していた袖《そで》を少し引き直して、

「私はこうして短命で終わる予感があったものですから、あなたの御好意を解しないように思われますのが苦しくて、残っていく人を私の代わりと思ってくださるようにとそう願っていたのですが、あなたがそのとおりにしてくださいましたら、どんなに安心だったかと思いましてね、それだけが心残りで死なれない気もいたします」

と言った。

「こんなふうに悲しい思いばかりをしなければならないのが私の宿命だったのでしょう。私はあなた以外のだれとも夫婦になる気は持ってなかったものですから、あなたの好意にもそむいたわけなのです。今さら残念であの方がお気の毒でなりません。しかし御心配をなさることはありませんよ。あの方のことは」

などともなだめていた薫は、姫君が苦しそうなふうであるのを見て、修法の僧などを近くへ呼び入れさせ、効験をよく現わす人々に加持をさせた。そして自身でも念じ入っていた。人生をことさらいとわしくなっている薫でないために、道へ深く入れようとされる仏などが、今こうした大きな悲しみをさせるのではなかろうか。見ているうちに何かの植物が枯れていくように総角《あげまき》の姫君の死んだのは悲しいことであった。引きとめることもできず、足摺《あしず》りしたいほどに薫は思い、人が何と思うともはばかる気はなくなっていた。臨終と見て中の君が自分もともに死にたいとはげしい悲嘆にくれたのも道理である。涙におぼれている女王を、例の忠告好きの女房たちは、こんな場合に肉親がそばで歎くのはよろしくないことになっていると言って、無理に他の室へ伴って行った。

　源中納言は死んだのを見ていても、これは事実でないであろう、夢ではないかと思って、台の灯《ひ》を高く掲げて近くへ寄せ、恋人をながめるのであったが、少し袖《そで》で隠している顔もただ眠っているようで、変わったと思われるところもなく美しく横たわっている姫君を、このままにして乾燥した玉虫の骸《から》のように永久に自分から離さずに置く方法があればよいと、こんなことも思った。遺骸《いがい》として始末するために人が髪を直した時に、さっと芳香が立った。それはなつかしい生きていた日のままのにおいであった。どの点でこの人に欠点があるとしてのけにくい執着を除けばいいのであろう、あまりにも完全な女性であった。この人の死が自分を信仰へ導こうとする仏の方便であるならば、恐怖もされ

宇治十帖にあらわれる山寺は、この三室戸寺のことであろう。その山門からは、急な傾斜の階段を上り、本堂にいたる。この寺の住職が「宇治山の阿闍梨」のモデルとなった人物で、八の宮も、大君らもこの高僧に帰依していたと考えられる。

るような、悲しみも忘れられるほど変相を見せられたいと仏を念じているのであるが、悲しみはますます深まるばかりであったから、せめて早く煙にすることをしようと思い、葬送の儀式のことなどを命じてさせるのもまた苦しいことであった。空を歩くような気持を覚えて薫は葬場へ行ったのであるが、火葬の煙さえも多くは立たなかったのにはかなさをさらに感じて山荘へ帰った。

三六　中の君に心惹かれる薫（「宿り木」）

大君の死後、薫は中の君に心惹かれていく。匂宮夫人として二条の院に迎え入れられている中の君のもとをしばしば訪れて、それとなく意中をほのめかして長居する薫であった。

薫《かおる》は翌日の夕方に二条の院の中の君を訪《たず》ねた。中の君を恋しく思う心の添った人であるから、わけもなく服装などが気になり、柔らかな衣服に、備わるが上の薫香《くんこう》をたきしめて来たのであったから、あまりにも高いにおいがあたりに散り、常に使っている丁字《ちょうじ》染めの扇が知らず知らず立てる香などさえ美しい感じを覚えさせた。中の君も昔のあの夜のことが思い出されることもないのではなかったから、父宮と姉君への愛の深さが認識されるにつけても、運命が姉の意志のままになっていたのであったらと心の動揺を覚えたかもしれない。少女ではないのであるから、恨めしい方の心と比べてみて、何につけてもりっぱな薫がわかったのか、平生あまりに遠々しくもてなしていて気の毒であった、人情にうとい女だとこの人が思うかもしれぬと思い、今日は前の室の御簾《みす》の中へ入れて、自身は中央の室の御簾に几帳《きちょう》を添え、少し後ろへ身を引いた形で対談をしようとした。

「お招きくだすったのではありませんが、来てもよろしいとのお許しが珍しくいただけましたお礼に、すぐにもまいりたかったのですが、宮様が来ておいでになると承ったものですから、御都合がお悪いかもしれぬと御遠慮を申して今日にいたしました。これは長い間の私の誠意がようやく認められてまいったのでしょうか。遠さの少し減った御簾の中へお席をいただくことにもなりました。珍しいですね」

と薫の言うのを聞いて、中の君はさすがにまた恥ずかしくなり、言葉が出ないように思うのであったが、

「この間の御親切なお計らいを聞きまして、感激いたしました心を、いつものようによく申し上げもいたしませんでは、どんなに私がありがたく存じておりますかしれませんような気持ちの一端をさえおわかりになりますまいと残念だったものですから」

と羞《は》じらいながらできるだけ言葉を省いて言うのが絶え絶えほのかに薫へ聞こえた。

「たいへん遠いではありませんか。細かなお話もし、あなたからも承りたい昔のお話もある

のですから」

こう言われて中の君は道理に思い、少し身じろぎをして几帳のほうへ寄って来たかすかな音にさえ、衝動を感じる薫であったが、さりげなくいっそう冷静な様子を作りながら、宮の御誠意が案外浅いものであったとお譏《そし》りするようにも言い、また中の君を慰めるような話をも静々としていた。中の君としては宮をお恨めしく思う心などは表へ出してよいことではないのであるから、ただ人生を悲しく恨めしく思っているというふうに紛らして、言葉少なに憂鬱《ゆううつ》なこのごろの心持ちを語り、宇治の山荘へ仮に移ることを薫の手で世話してほしいと頼む心らしく、その希望を告げていた。

「その問題だけは私の一存でお受け合いすることができかねます。宮様へ素直《すなお》にお頼みになりまして、あの方の御意見に従われるのがいいと思いますがね、そうでなくば御感情を害することになって、軽率だとお怒りになったりしましては将来のためにもよくありません。それでなく穏やかに御同意をなされればあちらへのお送り迎えを私の手でどんなにでも都合よく計らいますのにはばかりがあるものですか。夫人をお託しになっても危険のない私であることは宮様がよくご存じです」

こんなことを言いながらも、話の中に自分は過去にしそこねた結婚について後悔する念に支配ばかりされていて、もう一度昔を今にする工夫《くふう》はないかということを常に思うとほのめかして次第に暗くなっていくころまで帰ろうとしない客に中の君は迷惑を覚えて、

「それではまた、私は身体《からだ》の調子もごく悪いのでございますから、こんなふうでない時がございましたら、お話をよく伺わせていただきます」

と言い、引っ込んで行ってしまいそうになったのが残念に思われて、薫は、

「それにしてもいつごろ宇治へおいでになろうとお思いになるのですか。伸びてひどくなっていました庭の草なども少しきれいにさせておきたいと思います」

と、機嫌《きげん》を取るために言うと、しばらく身を後ろへずらしていた中の君がまた、

「もう今月はすぐ終わるでしょうから、来月の初めでもと思います。それは忍んですればいいでしょう。皆の同意を得たりしますようなたいそうなことにいたしませんでも」

と答えた。その声が非常に可憐《かれん》であって、平生以上にも大姫君と似たこの人が薫の心に恋しくなり、次の言葉も口から出ずよりかかっていた柱の御簾の下から、静かに手を伸ばして夫人の袖《そで》をつかんだ。中の君はこんなことの起こりそうな予感がさっきから自分にあって恐れていたのであると思うと、とがめる言葉も出すことができず、いっそう奥のほうへいざって行こうとした時、持った袖について、親しい男女の間のように、薫は御簾から半身を内に入れて中の君に寄り添って横になった。

「私が間違っていますか、忍んでするのがいいとお言いになったのをうれしいことと取りましたのは聞きそこねだったのでしょうかと、それをもう一度お聞きしようと思っただけです。他人らしくお取り扱いにならないでもよいはずですが、無情なふうをなさるではあり

ませんか」

こう薫に恨まれても夫人は返辞をする気にもならないで、思わず憎みの心の起こるのをしいておさえながら、

「なんというお心でしょう、こんな方とは想像もできませんようなことをなさいます。人がどう思うでしょう、あさましい」

とたしなめて、泣かんばかりになっているのにも少し道理はあるとかわいそうに思われる薫が、

「これくらいのことは道徳に触れたことでも何でもありませんよ。これほどにしてお話をした昔を思い出してください。亡《な》くなられた女王《にょおう》さんのお許しもあった私が、近づいたからといって、奇怪なことのように見ていらっしゃるのが恨めしい。好色漢がするような無礼な心を持つ私でないと安心していらっしゃい」

と言い、激情は見せずゆるやかなふうにして、もう幾月か後悔の日ばかりが続き、苦しいまでになっていく恋の悩みを、初めからこまごまと述べ続け、反省して去ろうとする様子も見せないため、中の君はどうしてよいかもわからず、悲しいという言葉では全部が現わせないほど悲しんでいた。知らない他人よりもかえって恥ずかしく、いとわしくて、泣き出したのを見て、薫は、

「どうしたのですか、あなたは、少女らしい」

こう非難をしながらも、非常に可憐《かれん》でいたいたしいふうのこの人に、自身を衛《まも》る隙《すき》のないところと、豊かな貴女《きじょ》らしさがあって、あの昔見た夜よりもはるかに完成された美の覚えられることによって、自身のしたことであるが、これを他の人妻にさせ、苦しい煩悶《はんもん》をすることとなったとくやしくなり、薫もまた泣かれるのであった。夫人のそばには二人ほどの女房が侍していたのであるが、知らぬ男の闖入《ちんにゅう》したのであれば、なんということをとも言って中の君を助けに出るのであろうが、この中納言のように親しい間柄の人がこの振《ふる》舞《まい》をしたのであるから、何か訳のあることであろうと思う心から、近くにいることをはばかって、素知らぬ顔を作り、あちらへ行ってしまったのは夫人のために気の毒なことである。中納言は昔の後悔が立ちのぼる情炎ともなって、おさえがたいのであったであろうが、夫人の処女時代にさえ、どの男性もするような強制的な結合は遂げようとしなかった人であるから、ほしいままな行為はしなかった。こうしたことを細述することはむずかしいと見えて筆者へ話した人はよくも言ってくれなかった。

どんな時を費やしても効《かい》のないことであって、そして人目に怪しまれるに違いないことであると思った薫は帰って行くのであった。まだ宵《よい》のような気でいたのに、もう夜明けに近くなっていた。こんな時刻では見とがめる人があるかもしれぬと心配がされたというのも中の君の名誉を重んじてのことであった。妊娠のために身体の調子を悪くしているという噂《うわさ》も事実であった。恥ずかしいことに思い、見られまいとしていた上着の腰の上の腹帯にいたましさを多く覚えて一つはあれ以上の行為に出なかったのである、例のことではあるが臆病《おくびょう》なのは自分の心であると思われる薫であったが、思いやりのないことをするのは自分の本意でない、一時の衝動にまかせてなすべからぬことをしてしまっては今後の心が静かでありえようはずもなく、人目を忍んで通って行くのも苦労の多いことであろうし、宮のことと、その新しいこととでもこもごもにあの人が煩悶をするであろうことが想像できるではないかなどとまた賢い反省はしてみても、それでおさえきれる恋の火ではなく、別れて出て来てすでにもう逢いたく恋しい心はどうしようもなかった。どうしても

(伝俵屋宗達『源氏物語図　宿木』　メトロポリタン美術館蔵)
中の君を自分のものにできたはずなのに匂宮の妻にしてしまった薫の後悔は深い。抑えがたい情慾に苦しみ、中の君に迫って添い臥すが、腹帯から中の君が妊娠していると悟って契りまでは結ばなかった。自宅に帰って横になっても、中の君の面影が頭から離れない。悶々とし続ける薫であった。

この恋を成立させないでは生きておられないようにさえ思うのも、返す返すあやにくな薫の心というべきである。昔より少し痩《や》せて、気高《けだか》く可憐《かれん》であった中の君の面影が身に添ったままでいる気がして、ほかのことは少しも考えられない薫になっていた。宇治へ非常に行きたがっているようであったが、宮がお許しになるはずもない、そうかといって忍んでそれを行なわせることはあの人のためにも、自分のためにも世の非難を多く受けることになってよろしくない。どんなふうな計らいをすれば、世間体のよく、また自分の恋の遂げられることにもなるであろうと、それればかりを思って虚《うつろ》になった心で、物思わしそうに薫は家に寝ていた。

三七　薫と浮舟との出会い（「宿り木」）

薫は大君死後も、彼女を思慕し宇治の旧八の宮邸を訪れていた。いつものように宇治を訪れていたところ、浮舟（中の君の異母妹）の一行と出会う。中の君から浮舟の話は聞いており、薫は気持ちを高ぶらせていく。

「ちょっと申し上げます。こんな物を召し上がりません」

と令嬢を起こしているが、その人は聞き入れない。それで二人だけで栗《くり》などをほろほろと音をさせて食べ始めたのも、薫には見馴《な》れぬことであったから眉《まゆ》がひそめられ、しばらく襖子の所を退《の》いて見たものの、心を惹《ひ》くものがあってもとの所へ来て隣の隙見《すきみ》を続けた。こうした階級より上の若い女を、中宮《ちゅうぐう》〔明石の中宮〕の御殿をはじめとしてそこここで顔の美しいもの、上品なものを多く知っているはずの薫には、格別すぐれた人でなければ目にも心にもとどまらないために、人からあまりに美の観照点が違い過ぎるとまで非難されるほどであって、今目の前にいるのは何のすぐれたところもある人と見えないのであるが、おさえがたい好奇心のわき上がるのも不思議であった。尼君は薫のほうへも挨拶《あいさつ》を取り次がせてよこしたのであるが、御気分が悪いとお言いになって、しばらく休息をしておいでになると、従者がしかるべく断わっていたので、この姫君〔浮舟。八の宮の娘〕を得たいように言っておいでになったのであるから、こうした機会に交際を始めようとして、夜を待つために一室にこもっているのであろうと解釈して、こうしてその人が隣室をのぞいているとも知らず、いつもの薫の領地の支配者らが機嫌《きげん》伺いに来て重詰めや料理を届けたのを、東国の一行の従者などにも出すことにし、いろいろと上手《じょうず》に計らっておいてから、姿を改めて隣室へ現われて来た。先刻ほめられていたとおりに身ぎれいにしていて、顔も気品があってよかった。

「昨日お着きになるかとお待ちしていたのですが、どうなすって今日もこんなにお着きがおそくなったのでしょう」

　こんなことを弁の尼が言うと、老いたほうの女が、

「お苦しい御様子ばかりが見えますものですから、昨日は泉河のそばで泊まることにしまして、今朝《けさ》も御無理なように見えましたから、そこをゆるりと立つことにしたものですから」

宇治山荘で薫はついに浮舟と出会う。かつて大君と（実事なく）夜を明かした場所、大君を喪ったその場所で、薫はその身代わりたる異母妹を見出したことになる。なお、この場面、薫は衣擦れの音で覗きがばれるのを恐れて下着を脱いでいる。やや滑稽で変態的ともいえる場面から、最後のヒロインが語りだされてくるのである。

　姫君を呼び起こしたために、その時やっとその人は起きてすわった。尼君に恥じて身体《からだ》をそばめている側面の顔が薫の所からよく見える。上品な眸《め》つき、髪のぐあいが大姫君の顔も細かによくは見なかった薫であったが、これを見るにつけてただこのとおりであったと思い出され、例のように涙がこぼれた。弁の尼が何か言うことに返辞をする

声はほのかではあるが中の君にもまたよく似ていた。心の惹《ひ》かれる人である、こんなに姉たち〔大君、中の君〕に似た人の存在を今まで自分は知らずにいたとは迂闊《うかつ》なことであった。これよりも低い身分の人であっても恋しい面影をこんなにまで備えた人であれば自分は愛を感ぜずにはおられない気がするのに、ましてこれは認められなかったというだけで八の宮の御娘ではないかと思ってみると、限りもなくなつかしさうれしさがわいてきた。今すぐにも隣室へはいって行き、「あなたは生きていたではありませんか」と言い、自身の心を慰めたい、蓬萊《ほうらい》へ使いをやってただ証《しるし》の簪《かんざし》だけ得た帝は飽き足らなかったであろう、これは同じ人ではないが、自分の悲しみでうつろになった心をいくぶん補わせることにはなるであろうと薫が思ったというのは宿縁があったものであろう。

三八　匂宮と浮舟、宿命的な出会い（「東屋」）

浮舟の母（常陸夫人）は、娘の良い結婚相手を求めて中の君の庇護を受けようとする。そこにやってきたのが中の君の夫、匂宮であった。

夕方に宮〔匂宮〕が西の対へおいでになった時に、夫人〔中の君〕は髪を洗っていた。

女房たちも部屋《へや》へそれぞれはいって休息などをしていて、夫人の居間にはだれというほどの者もいなかった。小さい童女を使いにして、

「おりの悪い髪洗いではありませんか。一人ぼっちで退屈をしていなければならない」

と宮は言っておやりになった。

「ほんとうに、いつもはお留守の時にお済ませするのに、せんだってうちはおっくうがりになってあそばさなかったし、今日が過ぎれば今月に吉日はないし、九、十月はいけないことになるしと思って、おさせしたのですがね」

と大輔〔中の君の侍女〕は気の毒がり、若君〔匂宮と中の君の間の息子〕も寝ていたのでお寂しかろうと思い、女房のだれかれをお居間へやった。

宮はそちらこちらと縁側を歩いておいでになったが、西のほうに見馴《な》れぬ童女が出ていたのにお目がとまり、新しい女房が来ているのであろうかとお思いになって、そこの座敷を隣室からおのぞきになった。間《あい》の襖子《からかみ》の細めにあいた所から御覧になると、襖子の向こうから一尺ほど離れた所に屏風《びょうぶ》が立ててあった。その間の御簾《みす》に添えて几帳が置かれてある。几帳の垂れ帛《ぎぬ》が一枚上へ掲げられてあって、紫苑《しおん》色のはなやかな上に淡黄《うすき》の厚織物らしいのの重なった袖口《そでぐち》がそこから見えた。屏風の端が一つたたまれてあったために、心にもなくそれらを見られているらしい。相当によい家から出た新しい女房なのであろうと宮は思召して、立っておいでになった室《へや》から、女のいる室へ続いた庇《ひさし》の間《あい》の襖子をそっと押

しあけて、静かにはいっておいでになったのをだれも気がつかずにいた。

向こう側の北の中庭の植え込みの花がいろいろに咲き乱れた、小流れのそばの岩のあたりの美しいのを姫君〔浮舟〕は横になってながめていたのである。初めから少しあいていた襖子をさらに広くあけて屏風の横から中をおのぞきになったが、宮がおいでになろうなどとは思いも寄らぬことであったから、いつも中の君のほうから通って来る女房が来たのであろうと思い、起き上がったのは、宮のお目に非常に美しくうつって見える人であった。例の多情なお心から、この機会をはずすまいとあそばすように、衣服の裾《すそ》を片手でお抑《おさ》えになり、片手で今はいっておいでになった襖子を締め切り、屏風の後ろへおすわりになった。

怪しく思って扇を顔にかざしながら見返った姫君はきれいであった。扇をそのままにさせて手をお捉《とら》えになり、

「あなたはだれ。名が聞きたい」

とお言いになるのを聞いて、姫君は恐ろしくなった。ただ戯れ事の相手として御自身は顔を外のほうへお向けになり、だれと知れないように宮はしておいでになるので、近ごろ時々話に聞いた大将なのかもしれぬ、においの高いのもそれらしいと考えられることによって、姫君ははずかしくてならなかった。乳母は何か人が来ているようなのがいぶかしいと思い、向こう側の屏風を押しあけてこの室へはいって来た。

「まあどういたしたことでございましょう。けしからぬことをあそばします」

と責めるのであったが、女房級の者に主君が戯れているのにとがめ立てされるべきことでもないと宮はしておいでになるのであった。はじめて御覧になった人なのであるが、女相手にお話をあそばすことの上手《じょうず》な宮は、いろいろと姫君へお言いかけになって、日は暮れてしまったが、

「だれだと言ってくれない間はあちらへ行かない」

と仰せになり、なれなれしくそばへ寄って横におなりになった。宮様であったと気のついた乳母は、途方にくれてぼんやりとしていた。

「お明りは燈籠《とうろう》にしてください。今すぐ奥様がお居間へおいでになります」

とあちらで女房の言う声がした。そして居間の前以外の格子はばたばたと下《お》ろされていた。この室は別にして平生使用されていない所であったから、高い棚厨子《たなずし》一具が置かれ、袋に入れた屏風なども所々に寄せ掛けてあって、やり放しな座敷と見えた。こうした客が来ているために居間のほうからは通路に一間だけ襖子があけられてあるのである。そこから女房の右近という大輔《たゆう》の娘が来て、一室一室格子を下ろしながらこちらへ近づいて来る。

「まあ暗い、まだお灯《あかり》も差し上げなかったのでございますね。まだお暑苦しいのに早くお格子を下ろしてしまって暗闇《くらやみ》に迷うではありませんかね」

こう言ってまた下ろした格子を上げている音を、宮は困ったように聞いておいでになっ

た。乳母もまたその人への体裁の悪さを思っていたが、上手に取り繕うこともできず、しかも気がさ者の、そして無智《むち》な女であったから、

「ちょっと申し上げます。ここに奇怪なことをなさる方がございますの、困ってしまいまして、私はここから動けないのでございますよ」

と声をかけた。何事であろうと思って、暗い室へ手探りではいると、袿姿《うちぎすがた》の男がよい香をたてて姫君の横で寝ていた。右近はすぐに例のお癖を宮がお出しになったのであろうとさとった。姫君が意志でもなく男の力におさえられておいでになるのであろうと想像されるために、

「ほんとうに、これは見苦しいことでございます。右近などは御忠告の申し上げようもございませんから、すぐあちらへまいりまして奥様にそっとお話をいたしましょう」

と言って、立って行くのを姫君も乳母もつらく思ったが、宮は平然としておいでになって、驚くべく艶美な人である、いったい誰なのであろうか、右近の言葉づかいによっても普通の女房ではなさそうであると、心得がたくお思いになって、何ものであるかを名のろうとしない人を恨めしがっていろいろと言っておいでになった。うとましいというふうも見せないのであるが、非常に困っていて死ぬほどにも思っている様子が哀れで、情味をこめた言葉で慰めておいでになった。

右近は北の座敷の始末を夫人に告げ、

「お気の毒でございます。どんなに苦しく思っていらっしゃるでしょう」

と言うと、

「いつものいやな一面を出してお見せになるのだね。あの人のお母さんも軽佻《けいちょう》なことをなさる方だと思うようになるだろうね。安心していらっしゃいと何度も私は言っておいたのに」

こう中の君は言って、姫君を憐《あわ》れむのであったが、どう言って制しにやっていいかわからず、女房たちも少し若くて美しい者は皆情人にしておしまいになるような悪癖がおありになる方なのに、またどうしてあの人のいることが宮に知られることになったのであろうと、あさましさにそれきりものも言われない。

「今日は高官の方がたくさん伺候なすった日で、こんな時にはお遊びに時間をお忘れになって、こちらへおいでになるのがお遅くなるのです

（山本春正『絵入源氏物語』）
妻、中の君が髪を乾かしている間に、目ざとい匂宮は新たな女（浮舟）を見出した。自分の身分に驕る匂宮は遠慮もなく女に添い臥し、かき口説く。浮舟は困惑するばかりである。

ものね、いつも皆奥様なども寝《やす》んでおしまいになっていますわね。それにしてもどうすればいいことでしょう。あの乳母《ばあや》が気のききませんことね。私はじっとおそばに見ていて、宮様をお引っ張りして来たいようにも思いましたよ」

などと右近が少将という女房といっしょに姫君へ同情をしている時、御所から人が来て、中宮が今日の夕方からお胸を苦しがっておいであそばしたのが、ただ今急に御容体が重くなった御様子であると、宮へお取り次ぎを頼んだ。

三九　匂宮と浮舟との逢瀬（「浮舟」）

浮舟に心奪われた匂宮は、彼女が薫の愛人になっていることを知って、さらに彼女を欲望していく。正月、薫を装って宇治の邸に侵入して想いを遂げると、またその数日後、漢詩の会で会った薫に嫉妬して雪の中に浮舟のもとを訪れるのであった。

山荘では宮〔匂宮〕のほうから出向くからというおしらせを受けていたが、こうした深い雪にそれは御実行あそばせないことと思って気を許していると、夜がふけてから、右近〔浮舟の侍女〕を呼び出して従者が宮のおいでになったことを伝えた。うれしいお志であると姫君〔浮舟〕は感激を覚えていた。右近はこんなことが続出して、行く末はどうおなりになるかと姫君のために苦しくも思うのであるが、こうした夜によくもと思う心はこの人にもあった。お断わりのしようもないとして、自身と同じように姫君から睦《むつ》まじく思われている若い女房で、少し頭のよい人を一人相談相手にしようとした。

「少しめんどうな問題なのですが、その秘密を私といっしょに姫君のために隠すことに骨を折ってくださいな」

と言ったのであった。そして二人で宮を姫君の所へ御案内した。途中で濡れておいでになった宮のお衣服から立つ高いにおいに困るわけであったが、大将〔薫〕のにおいのように紛らわせた。

夜のうちにお帰りになることは、逢いえぬ悲しさに別れの苦しさを加えるだけのものになるであろうからと思召した宮は、この家にとどまっておいでになる窮屈さもまたおつらくて、時方《ときかた》〔匂宮の従者〕に計らわせて、川向いのある家へ恋人を伴って行く用意をさせるために先へそのほうへおやりになった内記〔匂宮の家来〕が夜ふけになってから山荘へ来た。

「すべて整いましてございます」

と時方は取り次がせた。にわかに何事を起こそうとあそばすのであろうと右近の心は騒いで、不意に眠りからさまされたのでもあったから身体がふるえてならなかった。子供が雪遊びをしているようにわなわなとふるえていた。どうしてそんなことをと異議をお言わせになるひまもお与えにならず宮は姫君を抱いて外へお出になった。右近はあとを繕うために残り、侍従〔浮舟の侍女〕に供をさせて出した。はかないあぶなっかしいものであると山荘の人が毎日ながめていた小舟へ宮は姫君をお乗せになり、船が岸を離れた時にははるかにも知らぬ世界へ伴って行かれる気のした姫君は、心細さに堅くお胸へすがっているのも可憐に宮は思召された。有明《ありあけ》の月が澄んだ空にかかり、水面も曇りなく明るかった。

「これが橘《たちばな》の小嶋でございます」

と言い、船のしばらくとどめられた所を御覧になると、大きい岩のような形に見えて常磐《ときわ》木《ぎ》のおもしろい姿に繁茂した嶋が倒影もつくっていた。

「あれを御覧なさい。川の中にあってはかなくは見えますが千年の命のある緑が深いではありませんか」

とお言いになり、

　年経《ふ》とも変はらんものか橘の小嶋の崎《さき》に契るこころは

とお告げになった。女も珍しい楽しい路《みち》のような気がして、

　橘の小嶋は色も変はらじをこの浮舟ぞ行くへ知られぬ

こんなお返辞をした。月夜の美と恋人の艶《えん》な容姿が添って、宇治川にこんな趣があったかと宮は恍惚《こうこつ》としておいでになった。

対岸に着いた時、船からお上がりになるのに、浮舟《うきふね》の姫君を人に抱かせることは心苦しくて、宮が御自身でおかかえになり、そしてまた人が横から宮のお身体《からだ》をささえて行くのであった。見苦しいことをあそばすものである、何人《なにびと》をこれほどにも大騒ぎあそばすのであろうと従者たちはながめた。

時方の叔父《おじ》の因幡守《いなばのかみ》をしている人の荘園の中に小さい別荘ができていて、それを宮はお用いになるのである。まだよく家の中の装飾などもととのっていず、網代屏風《あじろびょうぶ》などという宮はお目にもあそばしたことのないような荒々しい物が立ててある。風を特に防ぐ用をするとも思われない。垣《かき》のあたりにはむら消えの雪がたまり、今もまた空が曇ってきて小降りに降る雪もある。そのうち日が雲から出て軒の垂氷《つらら》の受ける朝の光とともに人の容貌《ようぼう》も皆ひときわ美しくなったように見えた。宮は人目をお避けになるために軽装のお狩衣姿であった。浮舟の姫君の着ていた上着は抱いておいでになる時お脱がせになったので、繊細《きゃしゃ》な身体つきが見えて美しかった。自分は繕いようもないこんな姿で、高雅なまぶしいほどの人と向かい合っているのではないかと浮舟は思うのであるが、隠れようもなかった。少し着馴《な》らした白い衣服を五枚ばかり重ねているだけであるが、袖口から裾のあたりまで全体が優美に見えた。いろいろな服を多く重ねた人よりも上手《じょうず》に着こなしていた。宮は御妻妾でもこれほど略装になっているのはお見馴れにならないことであったから、こんなことさえも感じよく美しいとばかりお思われになった。侍従もきれいな若女房であった。右近だけでなくこの人にまで自分の秘密を残りなく見られることになったのを浮舟は苦しく思った。宮も右近のほかのこの女房のことを、

「何という名かね。自分のことを言うなよ」

と仰せられた。侍従はこれを身に余る喜びとした。

物語では、匂宮が浮舟を舟に乗せて、対岸の別荘へ導く。写真は、宇治橋からみた現在の橘の小嶋。宇治橋は当時、もっと上流に架けられていたという。浮舟は匂宮に連れられて、因幡守の別荘に赴くのである。

別荘守《もり》の男から主人と思って大事がられるために、時方は宮のお座敷には遣戸《やりど》一重隔てた室《ま》で得意にふるまっていた。声を縮めるようにしてかしこまって話す男に、時方は宮への御遠慮で返辞もよくすることができず心で滑稽《こっけい》のことだと思っていた。

「恐ろしいような占いを出されたので、京を出て来てここで謹慎をしているのだから、だれも来させてはならないよ」

と内記は命じていた。

だれも来ぬ所で宮はお気楽に浮

舟と時をお過ごしになった。この間大将が来た時にもこうしたふうにして逢ったのであろうとお思いになり、宮は恨みごとをいろいろと仰せられた。夫人の女二《にょに》の宮《みや》を大将がどんなに尊重して暮らしているかというようなこともお聞かせになった。

四十　別の顔をもつ薫（「蜻蛉」）

京都での薫にはまた別の人生がある。今上帝女二の宮と結婚している一方で、その異母姉である女一の宮（帝と明石中宮との娘。匂宮の同母姉）に思慕の念を抱いている。

蓮《はす》の花の盛りのころに中宮〔明石の中宮〕は法華経《ほけ》の八講を行なわせられた。六条院〔光源氏〕のため、紫夫人のため、などと、故人になられた尊親のために経巻や仏像の供養をあそばされ、いかめしく尊い法会《ほうえ》であった。第五巻の講ぜられる日などは御陪観する価値の十分にあるものであったから、あちらこちらの女の手蔓《てづる》を頼んで参入して拝見する人も多かった。五日めの朝の講座が終わって仏前の飾りが取り払われ、室内の装飾を改めるために、北側の座敷などへも皆人がはいって、旧態にかえそうとする騒ぎのために、西の廊の座敷のほうへ一品の姫宮〔女一の宮。匂宮の姉〕は行っておいでになった。日々の多くの講義に聞き疲れて女房たちも皆部屋《へや》へ上がっていて、お居間に侍している者の少ない夕方に、薫の大将は衣服を改めて、今日退出する僧の一人に必ず言っておく用で釣殿《つりどの》のほうへ行ってみたが、もう僧たちは退散したあとで、だれもいなかったから、池の見えるほうへ行ってしばらく休息したあとで、人影も少なくなっているのを見て、この人の女の友人である小宰相などのために、隔てを仮に几帳《きちょう》などでして休息所のできているのはここらであろうか、人の衣擦《きぬず》れの音がすると思い、内廊下の襖子《からかみ》の細くあいた所から、静かに中をのぞいて見ると、平生女房級の人の部屋《へや》になっている時などとは違い、晴れ晴れしく室内の装飾ができていて、幾つも立ち違いに置かれた几帳はかえって、その間から向こうが見通されてあらわなのであった。氷を何かの蓋《ふた》の上に置いて、それを割ろうとする人が大騒ぎしている。大人《おとな》の女房が三人ほど、それと童女がいた。大人は唐衣《からぎぬ》、童女は衫《かざみ》も上に着ずくつろいだ姿になっていたから、宮などの御座所になっているものとも見えないのに、白い羅《うすもの》を着て、手の上に氷の小さい一切れを置き、騒いでいる人たちを少し微笑をしながらながめておいでになる方のお顔が、言葉では言い現わせぬほどにお美しかった。非常に暑い日であったから、多いお髪《ぐし》を苦しく思召すのか肩からこちら側へ少し寄せて斜めになびかせておいでになる美しさはたとえるものもないお姿であった。多くの美人を今まで見てきたが、それらに比べられようとは思われない高貴な美であった。御前にいる人は皆土のような顔をしたものばかりであるとも思われるのであったが、気を静めて見ると、黄の涼絹《すずし》の単衣《ひとえ》に淡紫《うすむらさき》の裳《も》をつけて扇を使っている人などは少し気品があり、女らしく思われたが、そうした人にとって氷は取り扱いにくそうに見えた。

「そのままにして、御覧だけなさいましよ」

と朋輩《ほうばい》に言って笑った声に愛嬌《あいきょう》があった。声を聞いた時に薫は、はじめてその人が友人の小宰相〔女一の宮の侍女〕であることを知った。とどめた人のあったにもかかわらず氷を割ってしまった人々は、手ごとに一つずつの塊《かたまり》を持ち、頭の髪の上に載せたり、胸に当てたり見苦しいことをする人もあるらしかった。小宰相は自身の分を紙に包み、宮へもそのようにして差し上げると、美しいお手をお出しになって、その紙で掌《て》をおぬぐいになった。

「もう私は持たない、雫《しずく》がめんどうだから」

と、お言いになる声をほのかに聞くことのできたのが薫のかぎりもない喜びになった。まだごくお小さい時に、自分も無心にお見上げして、美しい幼女でおありになると思った。それ以後は絶対にこの宮を拝見する機会を持たなかったのであるが、なんという神か仏かがこんなところを自分の目に見せてくれたのであろうと思い、また過去の経験にあるように、こうした隙見《すきみ》がもとで長い物思いを作らせられたと同じく、自分を苦しくさせるための神仏の計らいであろうかとも思われて、落ち着かぬ心で見つめていた。ここの対の北側の座敷に涼んでいた下級の女房の一人が、この襖子《からかみ》は急な用を思いついてあけたままで出て来たのを、この時分に思い出して、人に気づかれては叱《しか》られることであろうとあわてて帰って来た。襖子に寄り添った直衣《のうし》姿の男を見て、だれであろうと胸を騒がせながら、自分の姿のあらわに見られることなどは忘れて、廊下をまっすぐに急いで来るのであった。自分はすぐにここから離れて行ってだれであるとも知られまい、好色男らしく思われることであるからと思い、すばやく薫は隠れてしまった。その女房はたいへんなことになった、自分はお几帳《きちょう》なども外から見えるほどの隙《すき》をあけて来たではないか、左大臣家の公達《きんだち》なのであろう、他家の人がこんな所へまで来るはずはないのである、これが問題になればだれが襖子をあけたかと必ず言われるであろう、あの人の着ていたのは単衣《ひとえ》も袴《はかま》も涼絹《すずし》であったから、音がたたないで内側の人は早く気づかなかったのであろうと苦しんでいた。

薫は漸く僧に近い心になりかかった時に、宇治の宮の姫君たちによって煩悩《ぼんのう》を作り始め、またこれからは一品《いっぽん》の宮《みや》のために物思いを作る人になる自分なのであろう、その二十《はたち》のころに出家をしていたなら、今ごろは深い山の生活にも馴《な》れてしまい、こうした乱れ心をいだくことはなかったであろうと思い続けられるのも苦しかった。なぜあの方を長い間見たいと願った自分なのであろう、何のかいがあろう、苦しいもだえを得るだけであったのにと思った。

翌朝起きた薫は夫人の女二の宮の美しいお姿をながめて、必ずしもこれ以上の御美貌《びぼう》であったのではあるまいと心を満ち足りたようにしいてしながら、また、少しも似ておいでにならない、超人間的にまであの方は気品よくはなやかで、言いようもない美しさであった。あるいは思いなしかもしれぬ、その場合がことさらに人の美を輝かせるものだったかもしれぬと薫は思い、

「非常に暑い。もっと薄いお召し物を宮様にお着せ申せ。女は平生と違った服装をしていることなどのあるのが美しい感じを与えるものだからね。あちらへ行って大弐《だいに》に、薄物の単衣《ひとえ》を縫って来るように命じるがいい」

と言いだした。侍している女房たちは宮のお美しさにより多く異彩の添うのを楽しんでの言葉ととって喜んでいた。いつものように一人で念誦《ねんず》をする室《へや》のほうへ薫は行っていて、昼ごろに来てみると、命じておいた夫人の宮のお服が縫い上がって几帳《きちょう》にかけられてあった。

「どうしてこれをお着にならぬのですか、人がたくさん見ている時に肌《はだ》の透く物を着るのは他をないがしろにすることにもあたりますが、今ならいいでしょう」

と薫は言って、手ずからお着せしていた。宮のお袴《はかま》も昨日の方と同じ紅であった。お髪《ぐし》の多さ、その裾《すそ》のすばらしさなどは劣ってもお見えにならぬのであるが、美にも幾つの級があるものか女二の宮が昨日の方に似ておいでになったとは思われなかった。氷を取り寄せて女房たちに薫は割らせ、その一塊《ひとかたまり》を取って宮にお持たせしたりしながら心では自身の稚態がおかしかった。絵に描《か》いて恋人の代わりにながめる人もないのではない、ましてこ

れは代わりとして見るのにかけ離れた人ではないはずであると思うのであるが、昨日こんなにしてあの中に自分もいっしょに混じっていて、満足のできるほどあの方をながめることができたのであったならと思うと、心ともなく歎息の声が発せられた。

（狩野派「源氏物語図　蜻蛉」大分市歴史資料館蔵）

法華八講の講座が終わって、それぞれ皆部屋に引き上げた昼下がり、女一の宮は侍女たちとともに氷（画面左側中央）を見て楽しんでいる。それを外から覗くのが薫である。中宮以外の侍女達はまるで土くれのようにしか見えないが、女一の宮の、まるで氷のような高貴で澄み切った美しさが薫の慕情を切なく掻き立てる。翌日、薫はわざわざ氷を取り寄せ、妻の女二の宮（女一の宮の異母妹）に持たせるのであった。

四一　入水に失敗した浮舟（「手習」）

匂宮と薫、二人の男の板挟みに苦しんだ浮舟は思い余って宇治川に身を投げる。しかし、たまたま宇治を通りかかった高僧、横川僧都の一行の手によって助けられてしまう。横川僧都は長谷寺から横川へ戻る途中であった。

そのころ比叡《ひえ》の横川《よかわ》に某僧都《なにがしそうず》といって人格の高い僧があった。八十を越えた母と五十くらいの妹を持っていた。この親子の尼君が昔かけた願果たしに大和《やまと》の初瀬《はせ》へ参詣《さんけい》した。僧都は親しくてよい弟子《でし》としている阿闍梨《あじゃり》を付き添わせてやったのであって、仏像、経巻の供養を初瀬では行なわせた。そのほかにも功徳のことを多くして帰る途中の奈良坂《ならざか》という山越えをしたころから大尼君のほうが病気になった。このままで京へまで伴ってはどんなことになろうもしれぬと、一行の人々は心配して宇治の知った人の家へ一日とまって静養させることにしたが、容体が悪くなっていくようであったから横川へしらせの使いを出した。僧都は今年《ことし》じゅう山から降りないことを心に誓っていたのであったが、老いた母を旅中で死なせることになってはならぬと胸を騒がせてすぐに宇治へ来た。ほかから見ればもう惜しまれる年齢でもない尼君であるが、孝心深い僧都は自身もし、また弟子の中の祈祷《きとう》の効験をよく現わす僧などにも命じていたこの客室での騒ぎを家主は聞き、その人は御嶽《みたけ》参詣のために精進潔斎《しょうじんけっさい》をしているころであったため、高齢の人が大病になっていてはいつ死穢《しえ》の家になるかもしれぬと不安がり、迷惑そうに蔭《かげ》で言っているのを聞き、道理なことであると気の毒に思われたし、またその家は狭く、座敷もきたないため、もう京へ伴ってもよいほどに病人はなっていたが、陰陽道《おんようどう》の神のために方角がふさがり、尼君たちの住居《すまい》のほうへは帰って行かれぬので、お亡《かく》れになった朱雀《すざく》院の御領で、宇治の院という所はこの近くにあるはずだと僧都は思い出し、その院守《いんもり》を知っていたこの人は、一、二日宿泊をさせてほしいと頼みにやると、ちょうど昨日初瀬へ家族といっしょに行ったと言い、貧相な番人の翁《おきな》を使いは伴って帰って来た。

「おいでになるのでございましたらがらっとしております寝殿をお使いになるほかはございませんでしょう。初瀬や奈良へおいでになる方はいつもそこへお泊まりになります」

と翁は言った。

「それでけっこうだ。官有の邸《やしき》だけれどほかの人もいなくて気楽だろうから」

僧都はこう言って、また弟子を検分に出した。番人の翁はこうした旅人を迎えるのに馴《な》れていて、短時間に簡単な設備を済ませて迎えに来た。僧都は尼君たちよりも先に行った。非常に荒れていて恐ろしい気のする所であると僧都はあたりをながめて、

「坊様たち、お経を読め」

などと言っていた。初瀬へついて行った阿闍梨と、もう一人同じほどの僧が何を懸念《けねん》し

たのか、下級僧にふさわしく強い恰好《かっこう》をした一人に炬火《たいまつ》を持たせて、人もはいって来ぬ所になっている庭の後ろのほうを見まわりに行った。森かと見えるほど繁《しげ》った大木の下の所を、気味の悪い場所であると思ってながめていると、そこに白いものの拡《ひろ》がっているのが目にはいった。あれは何であろうと立ちどまって炬火を明るくさせて見ると、それはすわった人の姿であった。

「狐《きつね》が化けているのだろうか。不届な、正体を見《あらわ》してやろう」

と言った一人の阿闍梨は少し白い物へ近づきかけた。

「およしなさい。悪いものですよ」

もう一人の阿闍梨はこう言ってとめながら、変化《へんげ》を退ける指の印を組んでいるのであったが、さすがにそのほうを見入っていた。髪の毛がさかだってしまうほどの恐怖の覚えられることでありながら、炬火を持った僧は無思慮に大胆さを見せ、近くへ行ってよく見ると、それは長くつやつやとした髪を持ち、大きい木の根の荒々しいのへ寄ってひどく泣いている女なのであった。

「珍しいことですね。僧都様のお目にかけたい気がします」

「そう、不思議千万なことだ」

と言い、一人の阿闍梨は師へ報告に行った。

「狐が人に化けることは昔から聞いているが、まだ自分は見たことがない」

こう言いながら僧都は庭へおりて来た。

尼君たちがこちらへ移って来る用意に召使の男女がいろいろの物を運び込む騒ぎの済んだあとで、ただ四、五人だけがまた庭の怪しい物を見に出たが、さっき見たのと少しも変わっていない。怪しくてそのまま次の刻に移るまでもながめていた。

「早く夜が明けてしまえばいい。人か何かよく見きわめよう」

と言い、心で真言《しんごん》の頌《じゅ》を読み、印を作っていたが、そのために明らかになったか、僧都は、

「これは人だ。決して怪しいものではない。そばへ寄って聞いてみるがよい。死んではいない。あるいはまた死んだ者を捨てたのが蘇生《そせい》したのかもしれぬ」

と言った。

「そんなことはないでしょう。この院の中へ死人を人の捨てたりすることはできないことでございます。真実の人間でございましても、狐とか木精《こだま》とかいうものが誘拐《ゆうかい》してつれて来たのでしょう。かわいそうなことでございます。そうした魔物の住む所なのでございましょう」

と一人の阿闍梨は言い、番人の翁を呼ぼうとすると山響《やまびこ》の答えるのも無気味であった。翁は変な恰好《かっこう》をし、顔をつき出すふうにして出て来た。

「ここに若い女の方が住んでおられるのですか。こんなことが起こっているが」

と言って、見ると、

「狐の業《わざ》ですよ。この木の下でときどき奇態なことをして見せます。一昨年《おととし》の秋もここに住んでおります人の子供の二歳《ふたつ》になりますのを取って来てここへ捨ててありましたが、私どもは馴《な》れていまして格別驚きもしませんじゃった」

「その子供は死んでしまったのか」

「いいえ、生き返りました。狐はそうした人騒がせはしますが無力なものでさあ」

なんでもなく思うらしい。

「夜ふけに召し上がりましたもののにおいを嗅《か》いで出て来たのでしょう」

「ではそんなものの仕事かもしれん。まあとっくと見るがいい」

僧都は弟子たちにこう命じた。初めから怖気《おじけ》を見せなかった僧がそばへ寄って行った。

「幽鬼《おに》か、神か、狐か、木精《こだま》か、高僧のおいでになる前で正体を隠すことはできないはずだ、名を言ってごらん、名を」

と言って着物の端を手で引くと、その者は顔を襟《えり》に引き入れてますます泣く。

「聞き分けのない幽鬼《おに》だ。顔を隠そうたって隠せるか」

こう言いながら顔を見ようとするのであったが、心では昔話にあるような目も鼻もない女鬼《めおに》かもしれぬと恐ろしいのを、勇敢さを人に知らせたい欲望から、着物を引いて脱がせようとすると、その者はうつ伏しになって、声もたつほど泣く。何にもせよこんな不思議な現われは世にないことであるから、どうなるかを最後まで見ようと皆の思っているうちに雨になり、次第に強い降りになってきそうであった。

「このまま置けば死にましょう。垣根《かきね》の所へまででも出しましょう」

と一人が言う。

この「浮舟宮跡」の碑の背後に菟道稚郎子尊《うじのわきいらつこのみこと》宇治墓があって、このあたり一帯は、秀吉によって太閤堤として整備されている。おそらく当時は、川原であったのだろう。宇治川に入水して死のうとした浮舟がここに倒れていた場所といわれると、妙に納得してしまう。この場所近くに榎木の大木が茂り、浮舟を祀った祠もあったといわれる。

「真の人間の姿だ。人間の命のそこなわれるのがわかっていながら捨てておくのは悲しいことだ。池の魚、山の鹿《しか》でも人に捕えられて死にかかっているのを助けないでおくのは非常に悲しいことなのだから、人間の命は短いものなのだからね、一日だって保てる命なら、それだけでも保たせないではならない。鬼か神に魅入《みい》られても、また人に置き捨てにされ、悪だくみなどでこうした目にあうことになった人でも、それは天命で死ぬのではない、横死《おうし》をすることになるのだから、御仏《みほとけ》は必ずお救いになるはずのものなのだ。生きうるか、どうかもう少し手当をして湯を飲ませなどもして試みてみよう。それでも死ねばしかたがないだけだ」

と僧都《そうず》は言い、その強がりの僧に抱かせて家の中へ運ばせるのを、弟子たちの中に、

「よけいなことだがなあ。重い病人のおられる所へ、えたいの知れないものをつれて行くのでは穢《けが》れが生じて結果はおもしろくないことになるがなあ」

と非難する者もあった。また、

「変化《へんげ》のものであるにせよ、みすみすまだ生きている人をこんな大雨に打たせて死なせてしまうのはあわれむべきことだから」

こう言う者もあった。下《しも》の者は物をおおぎょうに言いふらすものであるからと思い、あまり人の寄って来ない陰のほうの座敷へ拾った人を寝させた。

四二　出家を願う浮舟（「手習」）

救出された浮舟は次第に回復していく。だが、浮舟の厭世の念は消えることはない。愛

欲のない世界を望み、出家を願うようになる一方、周囲（僧都の妹など）からは反対されていた。

夕方に僧都が寺から来た。南の座敷が掃除《そうじ》され装飾されて、そこを円《まる》い頭が幾つも立ち動くのを見るのも、今日の姫君（浮舟）の心には恐ろしかった。僧都は母の尼の所へ行き、

「あれから御機嫌《ごきげん》はどうでしたか」

などと尋ねていた。

「東の夫人（妹尼）は参詣《さんけい》に出られたそうですね。あちらにいた人はまだおいでですか」

「そうですよ。昨夜《ゆうべ》は私の所へ来て泊まりましたよ。身体《からだ》が悪いからあなたに尼の戒を受けさせてほしいと言っておられましたよ」

と大尼君は語った。そこを立って僧都は姫君の居間へ来た。

「ここにいらっしゃるのですか」

と言い、几帳《きちょう》の前へすわった。

「あの時偶然あなたをお助けすることになったのも前生の約束事と私は見ていて、祈祷《きとう》に骨を折りましたが、僧は用事がなくては女性に手紙をあげることができず、御無沙汰《ごぶさた》してしまいました。こんな人間離れのした生活をする者の家などにどうして今までおいでになりますか」

こう僧都は言った。

「私はもう生きていまいと思った者ですが、不思議なお救いを受けまして今日《きょう》までおりますのが悲しく思われます。一方ではいろいろと御親切にお世話をしてくださいました御恩は私のようなあさはかな者にも深く身に沁《し》んでかたじけなく思われているのでございますから、このままにしていましてはまだ生き続けることができない気のいたしますのをお助けくだすって尼にしてくださいませ。ぜひそうしていただきとうございます。生きていましてもとうてい普通の身ではおられない気のする私なのでございますから」

と姫君は言う。

「まだ若いあなたがどうしてそんなことを深く思い込むのだろう。かえって罪になることですよ。決心をした時は強い信念があるようでも、年月がたつうちに女の身をもっては罪に堕《お》ちて行きやすいものなのです」

などと僧都は言うのであったが、

「私は子供の時から物思いをせねばならぬ運命に置かれておりまして、母なども尼にして世話がしたいなどと申したことがございます。まして少し大人になりまして人生がわかりかけてきましてからは、普通の人にはならずにこの世でよく仏勤めのできる境遇を選んで、せめて後世《ごせ》にだけでも安楽を得たいという希望が次第に大きくなっておりましたが、仏様からそのお許しを得ます日の近づきますためか、病身になってしまいました。どうぞこのお願いをかなえてくださいませ」

浮舟の姫君はこう泣きながら頼むのであった。不思議なことである、人に優越した容姿を得ている人が、どうして世の中をいとわしく思うようになったのだろう、しかしいつか現われてきた物怪《もののけ》もこの人は生きるのをいとわしがっていたと語った。理由のないことではあるまい、この人はあのままおけば今まで生きている人ではなかったのである。悪い物怪にみいられ始めた人であるから、今後も危険がないとは思えないと僧都は考えて、

「ともかくも思い立って望まれることは御仏の善行として最もおほめになることなのです。私自身僧であって反対などのできることではありません。尼の戒を授けるのは簡単なことですが、御所の急な御用で山を出て来て、今夜のうちに宮中へ出なければならないことになっていますからね、そして明日から御修法《みしほ》を始めるとすると七日して退出することになるでしょう。その時にしましょう」

僧都はこう言った。尼夫人〔妹尼〕がこの家にいる時であれば必ずとめるに違いないと思うと、遂行が不可能になるのが残念に思われる浮舟の君は、

「ただ病気のためにそういたしましたようになりましては効力が少のうございましょう。私はかなり身体《からだ》の調子が悪いのでございますから、重態になりましたあとでは形式だけのことのようになるのが残念でございますから、無理なお願いではございますが今日《こんにち》に授戒をさせていただきとうございます」

と言って、姫君は非常に泣いた。単純な僧の心にはこれがたまらず哀れに思われて、「もう夜はだいぶふけたでしょう。山から下って来ることを、昔は何とも思わなかったものだが、年のいくにしたがって疲れがひどくなるものだから、休息をして御所へまいろうと私は思ったのだが、そんなにも早いことを望まれるのならさっそく戒を授けましょう」

と言うのを聞いて浮舟はうれしくなった。鋏《はさみ》と櫛《くし》の箱の蓋《ふた》を僧都の前へ出すと、

「どこにいるかね、坊様たち。こちらへ来てくれ」

僧都は弟子《でし》を呼んだ。はじめに宇治でこの人を発見した夜の阿闍梨《あじゃり》が二人とも来ていたので、それを座敷の中へ来させて、

「髪をお切り申せ」

と言った。道理である、まれな美貌《びぼう》の人であるから、俗の姿でこの世にいては煩累となることが多いに違いないと阿闍梨らも思った。そうではあっても、几帳《きちょう》の垂帛《たれぎぬ》の縫開《ぬいあ》けから手で外へかき出した髪のあまりのみごとさにしばらく鋏の手を動かすことはできなかった。

座敷でこのことのあるころ、少将の尼〔妹尼の尼女房〕は、それも師の供をして下って来た兄の阿闍梨と話すために自室に行っていた。左衛門《さえもん》〔妹尼の侍女〕も一行の中に知人があったため、その僧のもてなしに心を配っていた。こうした家ではそれぞれの懇意な相手ができていて、馳走《ちそう》をふるまったりするものであったから。こんなことでこもきだけが

姫君の居間に侍していたのであるが、こちらへ来て、少将の尼に座敷でのことを報告した。少将があわてふためいて行って見ると、僧都は姫君に自身の法衣《ほうえ》と袈裟《けさ》を仮にと言って着せ、

「お母様のおいでになるほうにと向かって拝みなさい」

と言っていた。方角の見当もつかないことを思った時に、忍びかねて浮舟は泣き出した。

「まあなんとしたことでございますか。思慮の欠けたことをなさいます。奥様がお帰りになりましてどうこれをお言いになりましょう」

少将はこう言って止めようとするのであったが、信仰の境地に進み入ろうと一歩踏み出した人の心を騒がすことはよろしくないと思った僧都が制したために、少将もそばへ寄って妨げることはできなかった。「流転三界中《るてんさんがいちゅう》、恩愛不能断《おんあいふのうだん》」と教える言葉には、もうすでにすでに自分はそれから解脱《げだつ》していたではないかとさすがに浮舟をして思わせた。多い髪はよく切りかねて阿闍梨が、

「またあとでゆるりと尼君たちに直させてください」

と言っていた。額髪の所は僧都《そうず》が切った。

「この花の姿を捨てても後悔してはなりませんぞ」

などと言い、尊い御仏の御弟子の道を説き聞かせた。出家のことはそう簡単に行くものでないと尼君たちから言われていたことを、自分はこうもすみやかに済ませてもらった。

生きた仏はかくのごとく効験を目《ま》のあたりに見せるものであると浮舟は思った。

　僧都の一行の出て行ったあとはまたもとの静かな家になった。夜の風の鳴るのを聞きながら尼女房たちは、

「この心細い家にお住みになるのもしばらくの御辛抱《しんぼう》で、近い将来に幸福な御生活へおはいりになるものと、あなた様のその日をお待ちしていましたのに、こんなことを決行してしまいになりまして、これからをどうあそばすつもりでございましょう。老い衰えた者でも出家をしてしまいますと、人生へのつながりがこれで断然切れたことが認識されまして

(歌川国貞『源氏香の図　手習』 東京都立図書館蔵)

意識を回復した浮舟は手習を始める。何かにとりつかれたように浮舟は和歌を詠み、ものに書きつける。ある意味で浮舟は物語を書く「作家」になっている。浮舟は書くことで内心を見つめ、さらに出家への思いを募らせていく。それを心配そうに見つめる尼（横川僧都の妹)。彼女からすれば若い身空でなぜ出家など考えるのか、理解できない。その反対を押し切って、浮舟は出家を強行する。

悲しいものでございますよ」

なおも惜しんで言うのであったが、

「私の心はこれで安静が得られてうれしいのですよ。人生と隔たってしまったのはいいことだと思います」

こう浮舟は答えていて、はじめて胸の開けた気もした。

四三　浮舟の居場所（「夢の浮橋」）

浮舟生存の事実は、ついに薫の知るところとなった。薫は横川僧都からことのあらましを聞き、浮舟を再び自分のものにするべく、彼女の弟、小君を使者にして手紙を送ることにした。


「山の僧都のお手紙を持っておいでになった方があります」

と女房がしらせに来た。怪しく尼君は思うのであるが、今度のがものを分明にしてくれる兄〔横川僧都〕の手紙であろう、使いでもあろうと思い、

「こちらへ」

と言わせると、きれいなきゃしゃな姿で美装した童《わらべ》が縁を歩いて来た。円座を出すと、御簾《みす》の所へ膝《ひざ》をついて、

「こんなふうなお取り扱いは受けないでいいように僧都はおっしゃったのでしたが」

その子はこう言った。尼君が自身で応接に出た。持参された僧都の手紙を受け取って見ると、入道の姫君〔浮舟〕の御方へ、山よりとして署名が正しくしてあった。

まちがいではないかということもできぬ気がして姫君は奥のほうへ引っ込んで、人に顔も見合わせない。平生も晴れ晴れしくふるまう人ではないが、こんなふうであるために、

「どうしたことでしょう」

などと言い、尼君が僧都の手紙を開いて読むと、

今朝《けさ》この寺へ右大将殿〔薫〕がおいでになりまして、あなたのことをお聞きになりましたため、初めからのことをくわしく皆お話しいたしました。深い相思の人をお置きになって、いやしい人たちの中にまじり、出家をされましたことは、かえって仏がお責めになるべきことであるのを、お話から承知し、驚いております。しかたのないことです。もとの夫婦の道へお帰りになって、一方が作る愛執の念を晴らさせておあげになり、なお一日の出家の功徳は無量とされているのですから、もとに帰られたあとも御仏をおたよりになされるがよろしいと私は申し上げます。いろいろのことはまた自身でまいって申し上げましょう。また十分ではなくてもこの小君が今日のことをあなたに通じてくださるかと思います。

書面を見れば事が明瞭《めいりょう》になるはずであっても、姫君のほかの人はまだわけがわからぬとばかり思っていた。

「あの小君は何にあたる方ですか、恨めしい方、今になってもお隠しなさるのね」

と尼君に責められて、少し外のほうを向いて見ると、来た小君は自殺の決心をした夕べにも恋しく思われた弟であった。同じ家にいたころはまだわんぱくで、両親の愛におごっていて、憎らしいところもあったが、母が非常に愛していて、宇治へもときどきつれて来たので、そのうち少し大きくもなっていて双方で姉弟《きょうだい》の愛を感じ合うようになっていた子であると思い出してさえ夢のようにばかり浮舟には思われた。何よりも母がどうしているかと聞きたく思われるのであった。他の人々のことは近ごろになってだれからともなく噂《うわさ》が耳にはいるのであったが、母の消息はほのかにすらも知ることができなかったと思うと、弟を見たことでいっそう悲しくなり、ほろほろ涙をこぼして姫君は泣いた。小君は美しくて少し似たところもあるように他人の目には思われるのであったから、

「御姉弟《きょうだい》なのでしょう。お話ししたく思っていらっしゃることもあるでしょうから、座敷の中へお通ししましょう」

と尼君が言う。それには及ばぬ、もう自分は死んだものとだれも思ってしまったのであろうのに、今さら尼という変わった姿になって、身内の者に逢うのは恥ずかしいと浮舟は思い、しばらく黙っていたあとで、

「身の上をくらましておきますために、いろいろなことを言うかとお思いになるのが恥ずかしくて、何もこれまでは申されなかったのですよ。想像もできませんような生きた屍《しかばね》になっておりました私を、御覧になったのはあなたですが、どんなに醜いことだったでしょう。私の無感覚で久しくおりましたうちに精神というものもどうなってしまったのですか、過去のことは自身のことでありながら思い出せないでいますうち、紀伊守《きいのかみ》とお言いになる人が世間話をしておいでになったうちに、私の身の上ではないかとほのかに記憶の呼び返されることがございました。それからのちにいろいろと考えてみましても、はかばかしく心によみがえってくる事実はないのですが、私のために一人の親であった母は今どうしておられるだろうとそればかりは始終思われて恋しくも悲しくもなるのでしたが、今日見ますと、この少年は小さい時に見た顔のように思われまして、それによって忍びがたい気持ちはしますが、そんな人たちにも私の生きていることは知られたくないと思いますから、逢わないことにしたいと思います。もし生きておりましたならば今申しました母にだけは逢いとうございます。僧都《そうず》様が手紙にお書きになりました人などには断然私はいないことにしてしまいたいと思うのでございます。なんとか上手《じょうず》にお言いくだすって、まちがいだったというようにおっしゃって、お隠しくださいませ」

と浮舟の姫君は言った。

「むずかしいことだと思いますね。僧都さんの性質は僧というものはそんなものであるという以上に公明正大なのですからね、もう何の虚偽もまじらぬお話をお伝えしてしまいなすったでしょうよ。隠そうとしましてもほかからずんずん事実が証明されてゆきますよ。それに御身分が並み並みのお姫様ではいらっしゃらないのだし」

この尼君から聞き、姫君が女王《にょおう》様であったということにだれも興奮していて、

「ひどく気のお強いことになりますから」

皆で言い合わせて浮舟のいる室《へや》との間に几帳《きちょう》を立てて少年を座敷に導いた。この子も姉君は生きているのだと聞かされてきているが、姉弟らしくものを言いかけるのに羞恥《しゅうち》も覚えて、

「もう一つ別なお手紙も持って来ているのですが、僧都のお言葉によってすべてが明らかになっていますのに、どうしてこんなに白々しくお扱いになりますか」

とだけ伏し目になって言った。

「まあ御覧なさい、かわいらしい方ね」

などと尼君は女房に言い、

「お手紙を御覧になる方はここにいらっしゃるとまあ申してよいのですよ。こうしてあつかましく出ていますわれわれはまだ何がどうであったのかも理解できないでおります。だからあなたから私たちに話してください。お小さい方をこうしたお使いにお選びになりましたのにはわけもあることでしょう」

と少年〔小君。浮舟の弟〕に言った。

「知らない者のようにお扱いになる方の所ではお話のしようもありません。お愛しくださらなくなった私からはもう何も申し上げません。ただこのお手紙は人づてでなく差し上げるようにと仰せつけられて来たのですから、ぜひ手ずからお渡しさせてください」

こう小君が言うと、

「もっともじゃありませんか、そんなに意地をかたく張るものではありませんよ。あなたは優しい方だのに、一方では手のつけられぬ方ですね」

と尼君〔妹尼〕は言い、いろいろに言葉を変えて勧め、几帳のきわへ押し寄せたのを知らず知らずそのままになってすわっている人の様子が、他人でないことは直感されるために、そこへ手紙を差し入れた。

「お返事を早くいただいて帰りたいと思います」

うといふうを見せられることが恨めしく、少年は急ぐように言う。尼君は大将の手紙を解いて姫君に見せるのであった。昔のままの手跡で、紙のにおいは並みはずれなまでに高い。ほのかにのぞき見をして風流好きな尼君は美しいものと思った。

尼におなりになったという、なんとも言いようのない、私にとっては罪なお心も、僧都の高潔な心に逢って、私もお許しする気になって、そのことにはもう触れずに、過去のあの時の悲しみがどんなものであったかということだけでも話し合いたいとあせる心はわれながらもあき足らず見えます。まして他人の目にはどんなふうに映るでしょう。

と書きも終わっていないで次の歌がある。

法《のり》の師を訪《たづ》ぬる道をしるべにて思はぬ山にふみまどふかな

この人をお見忘れになったでしょうか。私は行くえを失った方の形見にそば近く置いて慰めにながめている少年です。

とも書かれてあった。こう詳細に知って書いてある人に存在の紛らしようもない自分ではないか、そうかといってその人にも、願わぬことにもかかわらず変わった姿を見つけられた時の恥ずかしさはどうであろうと浮舟《うきふね》は煩悶して、もともと弱々しい性質のこの人はなすことも知らないふうになっていた。さすがに泣いてひれ伏したままになっているのを、

「あまりに並みをはずれた御様子ね」

と言い、尼君は困っていた。どうお返事を言えばいいのかと責められて、

「今は心がかき乱されています。少し冷静になりましてから返事をいたしましょう。昔のことを思い出しましても少しもお話しするようなことは見いだせません。ですから落ち着きましたらこのお手紙の心のわかることがあるかもしれません。今日はこのまま持ってお帰しください。ひょっといただく人が違っていたりしては片腹痛いではございませんか」

と姫君は言い、手紙は拡《ひろ》げたままで尼君のほうへ押しやった。

「それでは困るではありませんか。あまりに失礼な態度をお見せになるのでは、そばにいる

人も申しわけがありません」

　多くの言葉でこんなことの言われるのも不快で、顔までも上に着た物の中へ引き入れて浮舟は寝ていた。

　主人の尼君は少年の話し相手に出て、

「物怪《もののけ》の仕業《しわざ》でしょうね。普通のふうにお見えになる時もなくて始終御病気続きでね。それで落飾もなすったのを、御縁のある方が訪ねておいでになった時に、これでは申しわけがないとそばにいて気をもんでおりましたとおりに、大将さんの奥様でおありになったのでございますってね。それをはじめて承知いたしまして、なんともお詫《わ》びのしかたもないようにに思います。ずっと御気分は晴れ晴れしくないのですが、思いがけぬ御消息のございましたことでまたお心も乱れるのでしょう。平生以上に今日はお気むずかしくなっていらっしゃるようですよ」

　などと語っていた。山里相応な饗応《きょうおう》をするのであったが、少年の心は落ち着かぬらしかった。

「私がお使いに選ばれて来ましたことに対しても何かひと言だけは言ってくださいませんか」

「ほんとうに」

　と言い、それを伝えたが、姫君はものも言われないふうであるのに、尼君は失望して、

「ただこんなようにたよりないふうでおいでになったと御報告をなさるほかはありますまい。はるかに雲が隔てるというほどの山でもないのですから、山風は吹きましてもまた必ずお立ち寄りくださるでしょう」

と小君《こぎみ》に言った。期待もなしに長くとどまっていることもよろしくないと思って少年は去ろうとした。恋しい姿の姉に再会する喜びを心にいだいて来たのであったから、落胆して大将邸へまいった。

大将は少年の帰りを今か今かと思って待っていたのであったが、こうした要領を得ない

(歌川国貞『源氏香の図　夢浮橋』東京都立図書館蔵)
薫の使者として小君(画面右の少年)が訪れる。尼の強い勧めで、浮舟は薫からの手紙に目を通すだけは通すが、とても返事を書く気にはなれない。ついに見つかってしまった、またあの愛欲の世界に戻らされるのかという浮舟の落胆、困惑が浮かび上がってくる一枚である。落胆し、困惑して沈黙を貫こうとする浮舟と、見当違いな当て推量をする薫を描いて、物語はその幕を閉じている。

ふうで帰って来たのに失望し、その人のために持つ悲しみはかえって深められた気がして、いろいろなことも想像されるのであった。だれかがひそかに恋人として置いてあるのではあるまいかなどと、あのころ恨めしいあまりに軽蔑《けいべつ》してもみた人であったから、その習慣で自身でもよけいなことを思うとまで思われた。

執念のライフワーク

加藤　孝男

本書を書く契機となったのは、職場である東海学園大学人文学部の食事会でのことであった。たまたま中古文学の研究者である伊勢光氏と同席し、『源氏物語』を一冊で読むことのできるような本を書いてみたいと話したのであった。

私はたまたま二〇二〇年に『与謝野晶子をつくった男　―和歌革新運動史』（本阿弥書店）という本を上梓したばかりで、晶子研究においては、次は晶子と源氏との関係を扱わねばならないと考えていたのであった。それからすぐに伊勢氏は、この問題に着手され、『一冊で味わう晶子訳源氏物語』という本を書き上げてしまわれた。肝心の共同研究の方が立ち後れ、その間もどの部分を抽出したらいいのかを話し合い、伊勢氏と京都、宇治、須磨、明石などへの取材旅行を重ねた。そうして出来上がったのが『一冊で読む晶子源氏』である。この二冊は姉妹編として、古典に強い新典社から出版される運びとなった。そして今度はまったく別の観点から源氏の名場面を切り取った一冊を刊行することとなった。それが『名場面で読む『源氏物語』（晶子訳）』である。

本書では、与謝野晶子訳の名場面を集めて、それにこれまでの取材で撮りためてきた写真を加え、簡単な注釈をくわえたものである。その意味で、こちらこそ、これまでの共同研究の成果が結実したものであった。

今年は、ＮＨＫでも紫式部と藤原道長を主人公にした「光る君へ」が放映されている。この「あとがき」を書いている時点では、まだ吉高由里子扮するまひろ（紫式部）は、『源氏物語』を書き出していないが、おそらくこの本が出版される頃には、大々的にそれは話題となっているであろう。

いや、私はそのような時の動きとはまったく別の動機で、この源氏の本を企画したのだから、世の中の動向など、どうでもいいのであるが、それにしても、多くの読者が、『源氏物語』に関心を持ち、その魅力を知って欲しいと思う。

『源氏物語』の原文は難しく、それを現代語に訳した晶子の訳も読むには根気のいることである。そうした読者が、土、日にリラックスして読めるようにしたのが本書である。

考えてみれば、晶子と『源氏物語』の関係は、筆舌に尽くしがたいものがある。本書がテキストとして利用した『新装版　全訳源氏物語』（角川文庫、二〇〇八）は、晶子の公にした二度目の源氏物語訳、『新新訳　源氏物語』を旧かな遣いから現代仮名遣いに改めたものである。これはいま、ネット上の青空文庫でも無料で読むことができる。すでに著作権が切れ、パブリックドメインになっているのだ。

近代における『源氏物語』研究の第一人者であった晶子は、一九一二（明治四五年）から一九一三（大正二）年に『新訳　源氏物語』（金尾文淵堂）を完成させている。しかし、これは抄訳と全訳がまじっていて、完全な現代語訳とはいえないものであった。

一方、晶子は文芸上で交友のあった小林天眠の天佑社から源氏物語の総集編『源氏物語講義』を出版すべく、明治四二年ごろから執筆を続けていた。忙しい晶子を手助けしようと、夫である与謝野寛も、清書などを手伝っていたという。この原稿は、正確な枚数は分からないが、宇治十帖の前まで書き進んでいたといわれる。

ところが、一九二三年に関東大震災が起こり、預けておいた原稿のすべてが焼失してしまった。自宅に置いておくより、みずからが学監をつとめる文化学院に預けておいた方が安心だと思ったのである。この焼失によって一時は茫然自失となった晶子は、一九三八（昭和一三）年から再び、源氏の訳に取り組んだ。それが『新新訳　源氏物語』であった。途中、夫寛の死を乗り越えて、一九三九年に完成をみたのであった。

しかし、これとほぼ同時期に、大手出版社から谷崎潤一郎の源氏物語訳が出版され、晶子の業績は霞んでしまった。晶子の失意は、甚だしいものがあったといわれている。だが、晶子の死後、この『新新訳』は、文庫化され、さらにネット上の「青空文庫」やオーディオブックなどで多くの読者を獲得するに至っている。

我々が源氏の取材で赴いた鞍馬寺にも、晶子の書斎・冬柏亭が移築してある。ここで晶子は源氏の執筆を終えたのである。杉並区の与謝野公園のところにあった与謝野寛・晶子の自宅の一部であった書斎が、このような形で保存されていることも、私にとってはありがたいことである。こうした諸々をもふくめて、出会いというものは妙なものである。

「古典らしさ」と『源氏物語』

伊勢　光

今回、本書の編集にあたって、様々な気づきがあった。このことについて最後に触れて解説に代えたい。

この種の名場面集を編集する際の常だと思うが、本書においても「どの場面を残すか」ということがたびたび議論となった。私は特段何の考えもなしに自分がいいと思った場面を残していったのだが、共同編集の加藤孝男氏より「似たようなパターンの場面は削りたい」というご指摘を受けた。

具体的に言えば、「空蟬」巻で光源氏が空蟬のもとに忍び込む場面がある。空蟬は間一髪逃れて、その際に軒端荻を残していくわけだが、これは「総角」巻で大君が忍び込んできた薫から逃れ、その際に妹の中の君を残していく場面と似る。当時の恋愛の様相を示しつつ、それぞれ類似と差異があり個人的にはいずれも名場面だと思う。

女は男に求められる嬉しさを感じながら、その相手と長くやっていけないだろうと思って身を引く。その土台は共通しながらも、男の行為は真逆である。軒端荻も可愛いと思って口説く光源氏と、中の君の魅力を感じながらも指一本触れない薫。第一部の主人公と第三部の主人公との懸隔が鮮やかに際立ち、『源氏物語』の真骨頂とも言うべき対比的な場面になっている。

このように考える私と「似たような場面は削りたい」と考える加藤氏の間で議論が交わされたわけだが、その議論の中で私が改めて感じたのは『源氏物語』はそのように作られている、ということだった。

つまり『源氏物語』は、すでに描かれた場面（パターン）をあえてまた設定し、そこから新しい展開、新しい筋立てを開拓していく作品だということである。それは『源氏物語』内にとどまらない。例えば「橋姫」巻で薫が宇治の姉妹を垣間見る場面があるが、それはいわば『伊勢物語』序段の引き写しだし、そういう例は枚挙にいとまがない。『源氏物語』は「物語取り」をするテキストなのである。

思えば古典和歌には「枕詞」（あかねさすとか、ぬばたまのとかいうあれである）という技法があり、「歌枕」（いわゆる歌によく詠まれる名所のこと）というものがあり、また「本歌取り」という技法がある。いずれも他の和歌ですでに使われた「ことば」を用いながら、新しい和歌世界を作り上げていくというレトリックである。「パクリ」、あるいは「べた」という言い方もできるかもしれない（実際、学生からそういう感想を聞くことは日常茶飯事である）。しかし、それは現代人の見方に過ぎず、むしろ古代人は「共通の土台、モチーフ」というものをしっかりと自覚しており、その土台の上にどのように新味を盛っていくかに注力した、ということなのではないか。

その「古典らしさ」を特に意識的、戦略的に行ったのが『源氏物語』なのである。第一部で描いた構図を第三部に持ってくる。確かにぱっと見ただけでは似通ったものかもしれない。しかし、そこで描かれた登場人物の思いはまるで違う。そのようにして登場人物の個性や人となりを浮き彫りにしようとしたのだ。

薫は指一本触れなかった中の君に執着を強め、似た浮舟を求め、愛欲の虜になっていく。手に入ったはずなのに、手に入らなくなってから悔やむ――。いかにも薫らしい「こじらせた」恋の有様は、迷わず軒端荻をものにする光源氏と対照させるとさらに輝く。中の君をものにしてよかったのに、変な男だ。光源氏は時空を超えて薫にそう言っているようにも思える。長編物語を読む愉楽であろう。

今回の編集を通して、このような「古典らしさ」「『源氏』らしさ」に改めて気づけたわけだが、その視点から『源氏物語』を読むと、さらに面白く読めるのではないか。『源氏物語』は既存の場面からどのように「ずらし」、どのように新たな展開を招来しているかという視点である。現代の読者の皆様はどうお感じになるだろうか。

最後になったが、企画立案から編集作業に至るまで主導的に私を導いてくださった共同編集の加藤氏、そして出版をご快諾いただいたクロスカルチャー出版の川角功成社長には感謝の念に堪えない。どのように「古典らしさ」、「『源氏』らしさ」を伝えていくかは今後とも、私の課題だと思っている。

加藤孝男（かとう　たかお）

1960年、愛知県岡崎市に生まれる。東海学園大学教授。著書に『美意識の変容』（1993）、『近代短歌史の研究』（2008）、『与謝野晶子をつくった男　—明治和歌革新運動史』（2020）、『近代短歌十五講』（共編著、2018）、『一冊で読む晶子源氏』（2024、伊勢光との共編著）など多数。

伊勢　光（いせ　ひかる）

1984年、宮城県仙台市に生まれる。東海学園大学准教授。著書に『『夜の寝覚』から読む物語文学史』（2020）、論文に「明石入道における『山蔭』の影」（『國語と國文學』第98巻第４号、2021）、「『うつほ物語』と『源氏物語』における『物の師』について」（『物語研究』第20号、2020）などがある。

名場面で読む『源氏物語』（晶子訳）　CPC リブレNo.21

2024年10月20日　第１刷発行

編　著　加藤孝男・伊勢　光
発行者　川角功成
発行所　有限会社　クロスカルチャー出版
〒101-0064　東京都千代田区神田猿楽町 2-7-6
電話03-5577-6707　FAX03-5577-6708
http://crosscul.com
装　幀　太田帆南
印刷・製本　城島印刷株式会社

ISBN978-4-910672-44-1　C0093 Printed in Japan